U0823978

◎ 中华传统文化观止丛书 ◎

学林出版社

中华传统文化观止丛书

ZHONGHUA CHUANTONG WENHUA GUANZHI CONGSHU

明清词观止

本书编委会 编

学林出版社
www.xuelinpress.com

中华传统文化观止丛书
专家委员会

万云骏／华东师范大学教授
王水照／复旦大学教授
王运熙／复旦大学教授
王季思／中山大学教授
卞孝萱／南京大学教授
冯其庸／中国社会科学院研究员
阴法鲁／北京大学教授
严迪昌／苏州大学教授
杨伯峻／中华书局编审
苏渊雷／华东师范大学教授
吴小如／北京大学教授
吴晓铃／中国社会科学院研究员
吴调公／南京师范大学教授
余冠英／中国社会科学院研究员
张中行／人民教育出版社编审
陈贻焮／北京大学教授
周勋初／南京大学教授
周振甫／中华书局编审
郭预衡／北京师范大学教授
施蛰存／华东师范大学教授
顾易生／复旦大学教授
徐中玉／华东师范大学教授
黄天骥／中山大学教授
褚斌杰／北京大学教授

新版前言

《中华传统文化观止丛书》是学林出版社于1995年12月出版的一套大型选本，包括《中华古诗观止》《中华古文观止》《中华古词观止》《中华古曲观止》共四部。1996年，本丛书荣获第十届中国图书奖。

在这套丛书出版二十年之际，我社决定在原书的基础上做增补校订，重新出版。古诗部分，约请骆玉明教授撰写了导读，李梦生编审补充了一些注释，其余各册，一仍其旧。为了方便读者的阅读，本丛书的版式也作了大幅度的调整，注释从尾注全部改为脚注；以作者为纲，以作品为目，按朝代分体，依序排列，每篇都附以题记。然后，将原来四大部的丛书重新排列成二十四本，详见总目。

本丛书之所以称为观止，按原出版前言的说法：一是“叹为观止”，所收的内容皆为精华，且具代表性；二是“观到此为止”，亦即一般的中等文化水平以上的读者读了它便可对中国传统文化有一个概略的了解，即可到此为止。此次出版，除了这两点想法不变之外，更想让广大中小学生在这些变得相对浅近而短小简洁的单本中，做一学生时代的“观到此为止”，庶几不至有数典忘祖的危险，若能做到此，本丛书也算达成了它的又一次的历史功能。二十年后，作者还是那批作者，编辑还是那些编辑，读者却从广大读者延伸向中小学生。愿再过二十年，这套丛书还能让那时的中小学生接着使用，而他们的父辈又可以跟他们讲：瞧，这就是我当年读过的书。

学林出版社

2015年8月

原版前言

中共中央关于《爱国主义教育实施纲要》提出，要让广大干部群众，尤其是广大青少年了解历史，了解祖国，知我中华，爱我中华，兴我中华，激发爱国主义的热烈情感，增强历史使命感和社会责任感。要进行中华民族优秀传统文化教育，用中华民族灿烂文明中所蕴含的崇高的民族精神、民族气节和传统美德，教育、感染广大青少年。为此，我社决定出版一套中华传统文化观止系列丛书。

中国有五千年有文字可考的历史。这五千年中，先人给我们积累了数以十万计的文化典籍。这是我们的光荣和骄傲，但一不小心，也可能成为我们的包袱。早在两千多年前，古人面对比我们少得不知多少的典籍，已经发出了这样的慨叹："吾生也有涯而智也无涯，以有涯随无涯，殆矣。"如果我们剔除其中的消极成分，应该承认，这话说得很有道理。试想，以几十年匆匆的生命，要想览尽无涯的历代典籍，吸尽知识海洋，怎么可能？更何况我们处在"知识爆炸"的今天，有那么多现代知识需要我们去学习，去吸收。

我们要珍视五千年文明史积累下来的文化遗产，因此，需要了解，需要继承；

我们又不能全盘照收五千年积累的文化遗产，因此，需要选择，需要剔除。

这是一种矛盾，是一种必须进行的艰难的选择。

试着解决这种矛盾，我们策划了这套观止丛书。

所谓"观止"，包含两层意思：一是"叹为观止"，即所收的内容应是中国传统文化的精华，是有充分代表性的东西。二是"观到此为止"，即一般的中等文化水平及以上的读者，只要拥有它，便可"尝一脔而知全味"，对中国传统文化有一个概略的了解，如果不想作专门的研究，即可到此为止，庶几不至于有"数典忘祖”的危险。如果有人要继续深造，也可以此为出发点，登堂入室，到传统文化的大海中去搏击遨游。

为此，我们设想，这套观止丛书的选收范围上自先秦，下迄清末民初，以古典文学为主，兼及艺术、音乐、美术、历史、科学等，分专题出版，总计约收一千万字。以每天读五千字计，大约七年时间即可从头到尾读完。对普通读者来说，也许还是太多了一点。但中华传统的文化宝库实在过于丰富，再少便很难反映其真实面貌。好在对于不同的读者，仍完全可以有选择、有重点地读，或把它们当作准工具书查阅，还是有着相当广阔的选择自由的。

为了保证这套观止丛书的代表性与权威性，编选者与本社同人努力做到：一、选目尽量求精。除各书均由中青年骨干学者实际操作外，还特聘全国著名的学者、专家主持选目工作。不仅收入脍炙人口的名作，还努力发掘新的内容。二、评注尽量简明。以原作为主，不搞喧宾夺主的“鉴赏”，也不搞“今译”，让读者享受一种自己咀嚼、消化的乐趣。三、适当加入附录。主要是资料性的内容，与正文互为补充，藉以为读者提供方便。四、装帧尽量精美，使之既可供实用，又能成为居室的美化装潢品和赠送的礼品和奖品。

这套观止丛书将分批推出，现在呈献给读者的是第一辑：《中华古文观止》、《中华古诗观止》、《中华古词观止》、《中华古曲观止》。这里所说的“古”，是“古代”的意思，想必读者一定能够理解。

希望这套书能为全国的爱国主义教育做出小小的贡献。热诚欢迎广大读者多提意见和建议，以便不断修订，做到精益求精。

学林出版社

选　目

严迪昌　　朱淡文　　欧阳忠伟

撰　稿

丁国祥　　曹林芳　　汪泰陵　　蔡惠瑛
张静秋　　吴　强　　陈艺鸣

目 录

张以宁(1301—1370)　字志道，福建古田人，家住翠屏山下，故自号翠屏山人。元泰定间进士及第，元末拜翰林侍读学士，继虞集之后以诗文擅名于时。入明，任侍读学士，奉使安南，卒于归途。其古体诗高雅俊逸，境界深远，为闽中诗派之先驱。词亦清新高古，少染元末纤弱衰敝之气。有《翠屏集》。

明月生南浦[①]

【题解】

本词借南汉故宫遗迹，抒怀古幽思，寄兴亡感慨。上片从海角亭秋景入手，联想到当年刘龑(yǎn)割据称王，雄峙南方五十余年，至刘𬬮终被一纸诱降书招降归宋的故事，于冷静观照中沁出作者身仕元、明两朝的复杂心绪。下片继续探寻历史遗踪，帝王的瑞气已消失得无处寻觅，展现在眼前的只有被藓苔侵蚀的宫柱，在萧瑟秋风中向人们昭示着兴亡过程：数不清的改朝换代无终无结，说不完的风流人物烟消云散，只有三江口的潮水声声入耳，来而复去无止息。在人事变迁与江山依旧的对比中抒发出苍凉沉郁的历史感慨。

广州南汉刘𬬮故宫铁铸四柱犹存[②]，周览叹息之余，夜泊三江口，梦中作一词，觉而忘之。但记二句云："千古兴亡多少恨，总付潮回去。"因隐

---

①选自《词则》。　②广州南汉句：刘龑以广东为中心，独霸一方，至刘𬬮于宋开宝四年(971)降宋，凡四主五十五年，史称南汉。刘𬬮建乾和殿时铸有铁柱十二根，四百年后作者到广州时，仅见其四。

括为此词。

海角亭前秋草路③，榕叶清风，吹散蛮烟雾④。一笑英雄曾割据，痴儿却被潘郎误⑤。　　宝气销沉无觅处，藓晕犹残，铁铸遗宫柱。千古兴亡知几度，海门依旧潮来去。

---

③ 海角亭：在广州，或即指相安亭，方信孺《南海百咏野史》曾称宫柱其二见于相安亭之濠水中。 ④ 榕叶：榕树叶，榕树为闽广特有的常绿乔木。蛮烟雾：南方边远地区的气雾，此指烟瘴之气。 ⑤ 痴儿句：刘鋹在位十三年，太祖命南唐后主李煜（降宋）作书招谕，后主使其臣潘佑为之，凡数千言，刘鋹遂降宋。（事见《二老堂杂志》）

（丁国祥）

刘基(1311—1375)　字伯温，号犁眉，浙江青田人。元至顺二年(1331)进士，任江西高安县丞、江浙儒学提举等职，未得尽展其才，复遭排挤，怒而辞官归隐。至正二十年(1360)应朱元璋之请入金陵，辅朱剪灭群雄，北伐中原，创立帝业，为明代开国功臣。明初授太史令、御史中丞，封诚意伯。后受忌，辞官，为胡惟庸构陷，忧愤卒(一说为胡毒死)，谥文成。基博通经史，精于谋划，工于诗文，自成一家。有《诚意伯集》。

水　龙　吟[①]

【题解】

元至正十七年(1357)，刘基因“军功不录”辞官他去之时，元王朝已处于风雨飘摇之中，张士诚、陈友谅、方国珍、朱元璋等群雄逐鹿，战乱迭起。这首词正是在这种形势下抒写出一代英才无处栖身的感慨。上片化用《诗经·鸡鸣》诗句，直接表达作者乱世思君子的心情，而以王粲登楼作赋自比，则将作者企图寻找明主以栖托并效力的内心世界和盘托出。然而，此时未识明主，不免内心彷徨，哀叹连刘表这样一个能暂时庇护的人也难以找到。故而问王粲白发添了多少，实则写自己因惆怅而添了白发。下片虽极写乡愁，兼有虚实之致，以思乡表现他对归宿的寻求以及未得归宿之时的迷茫感。

鸡鸣风雨潇潇[②]，侧身天地无刘表[③]。啼鹃迸泪，落花飘恨，断

① 选自《诚意伯集》，清陈廷焯《词则·放歌集》卷三词牌下有“感怀和东坡韵”六字。
② “鸡鸣”句：《诗经·鸡鸣》“风雨潇潇，鸡鸣胶胶”，写乱世思君子之意。　③ 侧身：恐不得

魂飞绕。月暗云霄，星沉烟水，角声清袅[4]。问登楼王粲，镜中白发，今宵又添多少。　　极目乡关何处，渺青山、髻螺低小。几回好梦，随风归去，被渠遮了[5]。宝瑟弦僵，玉笙簧冷，冥鸿天杪[6]。但侵阶莎草，满庭绿树，不知昏晓。

安身之意，杜甫诗"侧身天地更怀古"；刘表，东汉高平（今山东邹县）人，字景升。汉末中原混战，表为荆州刺史，虽未能与群雄逐鹿，然一州安宁，士民多趋而附之。"建安七子"之一的王粲曾往依附。④ 清袅（niǎo）：画角之声凄厉悠远，余音不断。⑤ 渠：他。⑥ 三句意为：宝瑟弦柱僵硬，玉笙簧片冰冷，鸿雁高飞，在天空显得非常细小。

（丁国祥）

凌云翰(1323—1388)　字彦翀,钱塘(今浙江杭州)人。元至正十九年(1359)举浙江乡试,授平江路学正,不赴。明洪武十四年(1381)以荐授成都府学教授,寻以事谪南荒卒。其诗词皆华而不靡,驰骋有法。有《拓轩集》。

木兰花慢①

赋白莲和宇舜臣②韵

【题解】

这首词咏物赋情,寄托深远,其寄托手法,与宋遗民王沂孙、唐钰等《乐府补题》相似。词虽写于元末,但其对于宋王朝覆灭的沉痛悲哀却不减元初,一定程度上表现了作者对元代社会的认识和对元蒙统治者抱不合作的态度。词的上片写白莲所处的优美环境、洁白的色彩、摇曳的姿态、迷人的神韵。其"太液""霓裳"典故的运用,暗寓了历史沧桑之感。下片着重写白莲的哀情。鸿雁高飞,不到九重天;《水调》流传,谁复忆当年?唯有词人苦思冥想,诉说着对亡宋的忆念。结句点明汴宫,更清楚说明了作者本意。

怅波翻太液③,谁留住,蕊珠仙④。向水殿云廊⑤,玉容花貌,几度争妍。人间延秋无记⑥,掩霓裳、犹忆舞便娟⑦。画里倾城倾国,

---

① 本篇选自《历代诗余》。② 宇舜臣:其人不详。③ 太液:太液池。汉武帝筑建章宫,北凿大池,名太液池,此后历代宫中池沼沿用此名。④ 蕊珠仙:道家称天上宫阙为蕊珠宫,宫中多仙女。此处比喻白莲。⑤ 水殿云廊:临水的宫殿,高迥的回廊。⑥ 延秋:宫门名,代指皇宫。⑦ 便娟:美好的姿态。便字读平声。

望中非雾非烟。　　雁飞不到九重天，水调漫流传[⑧]。奈花老房空，菂存心苦[⑨]、藕断丝连。西风佩环轻解，有冰弦、谁复记华年[⑩]。留得锦囊遗墨，魂销古汴宫前[⑪]。

---

⑧ 水调：曲调名。 ⑨ 菂（dì）：莲实。 ⑩ 冰弦：冰蚕丝做的琴弦。 ⑪ 汴宫：汴梁的宫殿，此处借指宋王朝。

（丁国祥）

杨基(1326—1378?)　字孟载,号眉庵,其先祖为嘉定州(今四川乐山)人,后迁居吴中。少负诗名,与高启、徐贲、张羽合称“吴中四杰”。元末,一度为张士诚记室。明初起为荥阳知县,后任兵部员外郎、山西按察使。因事谪为输作,死于工所。基能文,工书画,为诗峭拔纤巧兼容,词亦饶有新致。有《眉庵集》。

清　平　乐[①]

【题解】

这是一首写春柳的咏物词。全词虽无深沉寄托,但从事物的新生着眼,体察入微,故不失为传写春柳神韵之佳作。上片从春柳的形和质两方面加以描写,外观是长条千缕,摇曳生姿,本质是纤柔轻盈。下片侧重写春柳神韵,置于特殊的气候环境中,表现春柳嫩叶初生时的婀娜多姿、娇柔可爱,写出了作者的赏爱之情。

欺烟困雨[②],拂拂愁千缕。曾把腰枝羞舞女,赢得轻盈如许[③]。

犹寒未暖时光,将昏渐晓池塘。记取春来杨柳,风流全在轻黄[④]。

---

① 选自《明词综》。 ② 欺烟困雨:春柳远观,嫩黄一片如含烟带雨,像被烟欺,被雨困。 ③ 轻盈:指柳枝纤柔飘逸的样子。 ④ 轻黄:嫩芽显淡黄色,即早春柳色。

(丁国祥)

高启(1336—1374)　字季迪,长洲(今江苏苏州)人。元末隐居吴淞青丘,自号青丘子。博学多能,才兼文武,尤以史学与诗文著称。明初授编修,参预编订《元史》。太祖授以户部侍郎,以年少不敢负重任辞,赐金放还,后终被借故腰斩于市。其诗清健骏逸,沉雄悲壮处直逼古人。词亦明丽秀爽。为明初最著名的文学家之一,著有《高太史大全集》和《扣舷词》,近人重编为《高青丘集》。

江　城　子[①]

江上偶见

【题解】

这首词题作江上偶见,实则写一位船家女子。写她的美貌,写她的神韵,流露出作者的倾倒之情。上片实写,着重描绘她的衣饰和神态。她穿着绣有芙蓉图案的裙衩,与江上的秋色十分调和。斜阳下,江水粼粼与女子斜睨的眼波交映生辉。突见生人注目,回眸一笑,娇羞万端。下片虚拟,纯系作者遐想。天色未晚,若留住船女唱支清曲定是别有一番情趣。但转念一想,即使不怕惊起江边双栖的鸳鸯,也应担忧她的歌声引起江上孤舟飘泊者的哀愁。此一设想,几将虚拟坐实、所以产生相留之意是因舟女神韵迷人,而忧其歌声能惊双栖之鸳鸯、感飘泊之游子、泣孤舟之嫠妇,亦因舟女所致,是则作者的心态可想而知了。

芙蓉裙衩最宜秋[②]。柳边头,自掌舟。一道眼波,斜共晚波流。

① 选自《高青丘集》。 ② 芙蓉裙衩:绣有芙蓉图案的裙衩。屈原《离骚》有句:“制芰荷

蓦地逢人回首笑，不识恨，却知羞。　　夕阳犹在水西楼。漫归休，欲相留。教唱弯弯，月子照湖舟[3]。不怕鸳鸯惊起了，怕江上，有人愁。

以为衣兮，集芙蓉以为裳”，象征高雅的品质。③ 教唱弯弯，月子照湖舟：指唱江南流行的“月儿弯弯照九州”之类的歌曲。

（丁国祥）

沁　园　春[1]

雁

【题解】

在词史上高启这阕咏雁词堪与南宋末年张炎的《解连环·孤雁》媲美。如果说张氏词的“写不成书，只寄得相思一点”句极写孤寂离群的哀情，那末这阕《沁园春》中“莫恋遗粮犹在田”和“须高举、教弋人空慕，云海茫然”则道尽特定时世的惊悸心境，和决然表示与当时政权的不合作态度。这是一首咏物词，咏物之作固贵在寄意，然意之相寄又必凭借物象。有物无意，其作或浅或空，有意无物，则易导致或涩或泛，均非佳制。此词紧扣雁之候鸟特性起笔，进而托物起情，转入物我相合，笔致深细而不滞涩，疏旷中别见深沉，最能体现高青丘词风特征。

---

① 选自《高青丘集》。

木落时来，花发时归，年又一年[2]。记南楼望信，夕阳帘外，西窗惊梦，夜雨灯前[3]。写月书斜，战霜阵整，横破潇湘万里天[4]。风吹断，见两三低去，似落筝弦[5]。　　相呼共缩寒烟[6]。想只在、芦花浅水边。恨呜呜戍角，忽催飞起，悠悠渔火，长照愁眠。陇塞间关，江湖冷落[7]，莫恋遗粮犹在田。须高举，教弋人空慕[8]，云海茫然。

---

② 这三句写秋时南来、春时北归的雁的候鸟特征。 ③ 这四句写雁声对不同心境人所引起的心理感受，或盼或惊。望信：传说雁足能传书(信)，故云。惊梦：大雁之来去，意味时光之流逝，对某些愁思满怀者易惊醒，难以入梦。 ④ 这三句写雁飞时的形状，或月夜斜飞成“人”字，或霜天排列整齐的“一”字。 ⑤ 这三句写失散下飞状。筝弦：筝柱上的弦索，本排列整齐。落：断落。 ⑥ 寒烟：秋冬时暮色水气，寒色寒意极浓。 ⑦ 陇塞：边塞。间关：道路艰远。这两句极写冷落艰险，反衬下句，意为宁饥寒道途而切勿“恋遗粮”。 ⑧ 弋人：捕猎者，箭手。

（曹林芳）

刘炳(生卒年不详)　字彦昺，以字行，江西鄱阳人。元至正间从军于浙江，明初上书言事，授中书博士厅谘议典签。出为大都督府掌记，除东阿知县。后引疾辞归。其诗多有气格，词则清丽平淡。有《春雨轩集》。

满　江　红[①]

寄水北山人徐宗周[②]

【题解】

此词笔调气格似王孟诗派，具陶潜精神。上片写隐者所处的自然环境，松菊与秧谷并时秀荣，幽静清冷而生机盎然，诚是人间别有佳境。换头写隐者生活和修养，不求名利，看破荣辱，饮酒、垂钓、读书，自得其乐。《满江红》词调激越昂扬已相沿成习，此词则清旷淡泊，令人耳目一新。

水北幽居，抱柴门、一溪寒玉[③]。山万叠、青林当户[④]，白云连谷。乳燕落红春又晚，柴桑三径多松菊[⑤]。喜新晴、布谷又催耕，秧分绿。

床头酒，何时熟？谋诸妇，明朝漉[⑥]。漫黄鸡炊黍，共邀邻曲[⑦]。旧梦风云销侠气，繁华看破知荣辱。系扁舟，罢钓晚归来，书还读。

---

① 选自《明词综》。② 徐宗周：其人无考。③ 寒玉：形容秋水清莹碧澄。④ 青林：青绿色的树林。⑤ 柴桑：陶潜居此。其《归去来辞》中有“三径就荒，松菊犹存”句，形容隐者只与少数知交往来。⑥ 此两句写与妻子计算酒熟日期，明日即是。漉：漉酒，用纱巾过滤酒中的渣滓。⑦ 邻曲：邻居。

（丁国祥）

张红桥(生卒年不详)　闽中才妓,居闽县红桥之西,遂以为号。雅丽工诗词,与“闽中十才子”之首林鸿相恋,唱和诗词甚多。林鸿赴南京任礼部精膳司员外郎,红桥顾影自怜,思念成疾,不久病卒。

念　奴　娇①

【题解】

这是一首伤离惜别之词,写的是一幕人生的悲剧。作为一代才妓,曾拒绝过多少豪富的委禽,而与一才士执著相恋。不料今宵一宴,聚首难再,不禁悲从中来,泪湿衾枕。上片侧重写相别。下片回忆当年,悬想未来。短暂的欢乐,真挚的爱情,过今日即成泡影。女词人面对伊人,想到别后的孤寂、艰难的等待,凄凉幽独的相思,怎不离思宛转,愁肠如结。全词以浅近之辞写深沉之情,亲切、真实、深沉,一缕情丝流自肺腑,亦感人肺腑。

凤凰山下②,恨声声玉漏,今宵易歇。三叠阳关歌未竟,城上栖乌催别。一缕情丝,两行清泪,渍透千重铁③。重来休问,尊前已是愁绝。　还忆浴罢描眉,梦回携手,踏碎花间月。慢道胸前怀豆

① 选自《明词综》。 ② 凤凰山:在福建省同安县北。 ③ 千重铁:指棉被。此处化用杜甫《茅屋为秋风所破歌》句:“布衾多年冷似铁。”

蔻，今日总成虚设[4]。桃叶津头，莫愁湖畔[5]，远树云烟叠。剪灯帘幕，相思谁与同说？

---

④ 豆蔻：本指植物，产于岭南，春来开花，实如小球，芳香可入药。杜牧《赠别》有“娉娉袅袅十三余，豆蔻梢头二月初”之句。借指少女初动春情。 ⑤ 莫愁湖：在南京水西门外，相传六朝时有女子卢莫愁居此，因以为名。

（丁国祥）

程本立（？—1402） 字原道，号巽（xùn）隐，浙江桐乡人，幼时学诗于贝琼。官右签都御史，改江西按察副使，未行，值燕王南下夺位，自缢死。福王时追谥忠介。有《巽隐集》。

清 平 乐[①]

【题解】

这首词所表达的思想比较隐晦曲折，但从作者推出的两组相对意象：山翁与我；山中与人间，还是可以窥出其中的深意。上片写我与山翁（隐者）空间阻隔，表明了对隐逸者的思念向往之情。下片对比了人间与山中从时间到精神上的差异，显示了词人对无烦无恼、远离尘寰的山中神往之情。故而，上片尚带有俗间别情，过片则是自觉而痛苦的人生思索。

山翁归去，记得来时路[②]。雨涨溪泉人不渡。花外鸟啼何处？

人间不是山中，高怀都付丝桐[③]。一曲《瑶池宴》罢，春风吹尽残红[④]。

---

① 选自《明词综》。 ② 山翁：隐士，此指作者的在山之友。 ③ 丝桐：琴。古琴多以优良桐木制成，以练丝为弦，故称。 ④《瑶池宴》：宴又作燕，古琴曲，声调怨咽。

（丁国祥）

瞿祐(1347—1427)　一作瞿佑,字宗吉,号存斋、山阴道人,钱塘(今浙江杭州)人。博学高才,洪武间为宜阳训导、临安教谕。永乐间迁周王府长史,因诗祸谪逐保安。十年后放归,复原官。瞿祐著述宏富,有《剪灯新话》《春秋贯珠》《阅史管见》《归田诗话》等。尤工于诗词,著有《存斋诗集》《余清词》《乐府遗音》。

摸　鱼　儿[①]

苏堤春晓[②]

【题解】

西湖胜迹,历来吟咏不绝。瞿祐这首《苏堤春晓》是其西湖十景词之一。全词紧扣春晓,从西湖拂晓景观入手,由远及近,由外及内,过渡到对人生的感慨。微明时远观西湖一片迷濛,苏堤在群峰映衬之下也难以辨识。然渔民们已经开始作业,惊起了群栖湖滨的沙鸥,游船已次第入湖,叫卖声亦已传来。昨宵迟睡的玉人凌晨犹困顿不堪,迷朦着双眼探问时分。词人对这种昨宵且贪欢笑,今晨人醒犹困的玉人颇为欣赏,因为繁华欢乐之中光阴易逝,应珍惜青春,及时享受。否则,花落叶疏,春归无迹,只能留得他日的一片怨恨了。本词除珍惜流光、莫负青春之意外,似另有人生迟暮、际遇难逢的感慨。

望西胡、烟柳花雾,楼台非远非近。苏堤十里笼春晓,山色空蒙难认。风渐顺,忽听得、鸣榔起沙鸥阵[③]。瑶阶露润[④]。把绣幕微

---

① 选自《明词综》。 ② 苏堤横截湖面,绵亘数里。苏堤春晓为湖胜景之一。 ③ 鸣榔(láng):渔民布网后以长木扣击船舷惊动鱼群,驱之入网。 ④ 瑶阶露润:石阶被露水湿润,

搴，纱窗半启，未审甚时分。　　凭栏处，水影初浮日晕。游船未许开尽。卖花声里香尘起，罗帐玉人犹困。君莫问！君不见、繁华易觉光阴迅。先寻芳信，怕绿树成荫，红英结子，留作异时恨⑤。

晓而未干。⑤ 先寻芳信四句：杜牧佐宣城幕，游湖州，见一十余岁民女，恋其美而与其母相约十年后来娶。后十四年杜牧始为湖州刺史，女已出嫁三年，并生二子。杜牧作《叹花》诗，有“狂风落尽深红色，绿叶成荫子满枝”两句，感叹自己误过佳期失却佳人。瞿祐化用杜句当别有寄托。

（丁国祥）

张肯(生卒年不详)　字继孟，浚仪(今河南浚县)人。明太祖洪武末尚在世。有《梦庵词》。

浪　淘　沙[1]

咏莎滩[2]

【题解】

这是一首写景词，所见景物皆在一莎滩上。莎草原是寻常之物，但却常与羁旅情怀相关。词中虽未明写然隐约存在的羁旅愁思，即寄托在这小草上。莎滩当是作者旅途所见，对于这宿鹭眠鸥、渔舟傍宿之地，词人流露出某种伤感，面对秋高气爽，蓝天白云，翠茵如席，鸥鹭点点，只觉得远处是一片凄迷，一种归宿无着的感慨油然而生。

雨过碧云秋，占断滩头。沧浪翻处湿纤柔[3]。谁展翠茵平似剪，宿鹭眠鸥。　　沙尾远凝眸，雨惨烟愁。萋萋不共水东流。几度渔人来傍宿，绿映孤舟。

---

① 选自《明词综》。 ② 莎滩：长满莎草的临水陆地。莎草：即香附子，多年生草本植物，多生长在水边陆地或沼泽地带。 ③ 纤柔：状莎草，纤细柔软。

(丁国祥)

聂大年(1402—1456)　字寿卿，江西临川人。未出生而孤，少时博学，工于诗文。宣德末以荐授仁和县学训导，迁仁和教谕。景泰六年(1455)征入翰林修史，未几病卒。著有《东轩集》。

卜　算　子[①]

【题解】

夏承焘评曰："聂大年为明朝中叶制曲大家，《卜算子》一词穷极艳冶，气体虽不逮温、韦，其腔调亦自婉美。"其实本词乃是借用前人成句，化用事典，巧妙地串连在一起写出一位歌女的美貌和娇姿，意在表明她不欲流落到"老大嫁作商人妇"或杜秋娘式的悲惨境地之心绪。

杨柳小蛮腰，惯逐东风舞[②]。学得琵琶出教坊，不是商人妇[③]。

忙整玉搔头，春笋纤纤露[④]。老却江南杜牧之，懒为秋娘赋[⑤]。

---

① 选自《明词综》。 ② 杨柳句：用白居易诗句："樱桃樊素口，杨柳小蛮腰。" ③ 商人妇：借指歌女年老色衰时的归宿。白居易《琵琶行》："老大嫁作商人妇。" ④ 玉搔头：玉钗；春笋：形容美人手指。 ⑤ 秋娘：杜秋娘，金陵女子，为李锜妾，因善歌入宫，后放还，穷老无依。杜牧有《杜秋娘》诗叙其事。

(丁国祥)

徐有贞(1407—1472)　初名珵,字元玉,江苏吴县人。宣德八年(1433)进士,官侍讲。正统间因言南迁事见恶朝廷,改名有贞。尝佐英宗复辟,陷杀于谦、王文,中外为之侧目。官升兵部尚书兼华盖殿大学士,封武功伯。后为石亨构陷,迁云南金齿(即永昌,今保山县)为民。亨败得归。平生无书不览,学问广博。著有《武功集》。

玉　连　环①

【题解】

借男女恋情写君臣关系,为屈原以来诗人常用的手法,徐有贞此词也是如此。此词当作于云南贬所,表达了他对返回京城、重沐君恩的焦渴之情。上片以长夜难眠、愁听钟声表现闺中人的孤寂与焦虑,以丁香象征她的情真意切,意在表示作者对英宗的一片爱心。下片以盟誓领起,令人想到许多真挚的爱情故事,似乎又影射了他与英宗的某种密谋。“马蹄”而下,直接叙写了他的政治情怀。

心绪悠悠随碧浪,良宵空锁长亭。丁香暗结意中情②。月斜门半掩,才听断钟声。　　耳畔盟言非草草③,十年一梦堪惊。马蹄何日到神京。小桥松径密,山远路难凭。

---

① 选自《历代诗余》。 ② 丁香暗结:丁香花蕾繁密,成倒伞状,常用以比喻紧结不开,象征愁情难解。李商隐《代赠》:“芭蕉不展丁香结,同向春风各自愁”;李珣《河传》:“愁肠岂异丁香结。” ③ 草草:草率,苟且。

(丁国祥)

马洪(生卒年不详)　字浩澜,号鹤窗,浙江仁和(今杭州)人。布衣。善诗词,为诗多精譬,不喜多作,自谓四十年仅得百篇。词较诗尤工,颇得杨慎称许。著有《花影集》。

少　年　游①

【题解】

此词写一位天真活泼的闺中少女生活。少女晨起后,梳妆打扮一番,照常规,或是逗引鹦鹉,或去荡秋千。可今天她什么也没有干,一点声响也没有。原来,她发现了枝上鸣叫的黄莺,正独自轻步踏着花径,微卷翠袖掩向前去扑打。词语生动,笔调明快,活画出少女的娇憨之态。

弄粉调脂,梳云掠月,次第晓妆成②。鹦鹉笼边,秋千墙里,半晌不闻声。　　原来却在瑶阶下,独自踏花行③。笑摘朱樱,微揎翠袖,枝上打流莺④。

---

① 选自《明词综》。② 梳云掠月:梳编秀发。③ 瑶阶:石阶的美称。④ 微揎(xuān):轻轻地捋起袖子。

(丁国祥)

陈铎(1460？—1521?)　字大声，号秋碧，下邳(今江苏邳县)人，家金陵。世袭指挥，工诗善画，尤悉音律，长于词曲，在金陵教坊中有“乐王”之称，与徐霖并称“曲中祭酒”。散曲作品甚丰，有《梨云寄傲》《秋碧乐府》《滑稽余音》，风格平易朴实，亦工杂剧。其词兼韵律美与文辞美于一体。著有《碧轩集》《坐隐先生草堂余意》。

浣　溪　沙①

【题解】

以郊外寻春为主题的诗词并不鲜见，而此词着重表现城内所见春景，颇有独到之处。作者落笔即写实景，波、塘、柳、桥、亭，又都置于春雨迷濛之中，赋予春城一种朦胧美和朦胧的春意。既然城中触目皆春，那么郊外寻芳信已无必要了。换头将花、云、竹拟人化，颇有物随人意之致，显得春城中一派生气、一片热闹。

波映横塘柳映桥。冷烟疏雨暗亭皋②。春城风景胜江郊③。

花蕊暗随蜂作蜜，溪云还伴鹤归巢。草堂新竹两三梢。

---

① 选自《明词综》。② 亭皋：临水筑亭之处。③ 江郊：临江地带、水边。

（丁国祥）

唐寅(1470—1522)　字伯虎，一字子畏，号六如。江苏吴县人。弘治十年(1497)解元，次年会试罹科场案下狱，谪为吏，遂弃科举不为，佯狂纵酒，放浪形骸以终。工书画，为“明四家”之一，与祝允明、文征明、徐桢卿合称“吴中四才子”。诗以纯情倩丽胜，词亦清婉富韵味。著有《六如居士集》，后人又编为《唐伯虎全集》。

一　剪　梅①

【题解】

这是一阕别有韵致的闺怨之作。其佳处不仅在词句流丽清圆，音调谐畅，更在于意味深沉。恋人相别或相思者各处一方，空间的阻隔感最灼人心魂。空间，既无情地拉开了相恋者的距离，又残酷地空耗着相思者一方或双方的年华。时间在空间中流逝，空间的凝滞不缩短，尤加速了时光的消失。唐寅此词巧妙地倾诉着这种在时、空折磨中的痛苦，上、下阕交叉互补地道尽了时间与空间互为因果的残酷性全落到了一个痴心女子的心头。

雨打梨花深闭门②，忘了青春，误了青春。赏心乐事共谁论？花下销魂，月下销魂③。　　愁聚眉峰尽日颦，千点啼痕，万点啼痕。晓看天色暮看云④，行也思君，坐也思君。

---

① 选自《唐伯虎全集》。 ② 此句借用宋代词人李重元《忆王孙·春词》成句。雨打梨花：春将去之意象。 ③ 销魂：黯然伤神。花下、月下，谓无时无处。 ④ 此句谓日盼夜想，朝夕相思。看，此处系无意义、无意识举止，是一种心绪的外观行为。

(曹林芳)

史鉴(1434—1496)　字明古，江苏吴江人。平生饱读经史，抱经世之才，隐居不仕。所居西村，水幽竹茂，亭馆相通，人称西村先生。著有《西村集》。

解　连　环①

送　别

【题解】

这是一首写离别苦、抒相恋情的词。词人以“销魂时候”一句起调，则“可人”登舟，送者黯然销魂之状如在目前。暮春季节，万红凋零，泪眼望远山，山会人意，也如含愁之眉紧锁不舒。因杨柳挡住视线，而对当年手栽之柳产生怨恨之情，更突出了送别时情感的热烈与真切。过片似是自我解慰，从爱情的哲理思索中宽慰离别之苦。篇末又直接表达了对重逢的企望，更突出了对炽热爱情、对往日欢乐的珍惜与回味，从而衬托出今日惨别的凄苦与愁怨。以直率的语言，写出哀然深沉的别情，颇近柳永风格，在明词中殊为难得。

销魂时候。正落花成阵，可人分手②。纵临别、重订佳期，恐软语无凭，盛欢难又③。雨外春山，会人意、与眉交皱。望行舟渐隐，恨杀当年，手栽杨柳④。　别离事，人生常有。底何须为著，成个消瘦⑤。但

---

① 选自《明词综》。 ② 可人：可爱可怜之人。 ③ 软语：温馨柔软的话。 ④ 杀：甚的意思。 ⑤ 底何须为著，成个消瘦：底；底事，什么事？全句意为：为着什么事儿把人弄成这副消瘦模样。

若是两情长，便海角天涯，等是相守[6]。潮水西流，肯寄我，鲤鱼双否[7]。倘明年、来游灯市，为侬沽酒。

---

⑥ 等是：一般是，同是。全句意为：若是两情久长，即便天涯海角，也与朝暮厮守一样。秦观《鹊桥仙》："两情若是久长时，又岂在朝朝暮暮。" ⑦ 鲤鱼双：即双鲤鱼，代指书信。

（丁国祥）

文征明(1470—1559)　初名壁，字征明，以字行，更字征仲，号衡山居士，长洲(今江苏苏州)人。少不慧，及长，智颖顿开，为人和介，与祝允明、唐寅、徐祯卿合称“吴中四才子”。正德末年授翰林待诏。世宗立，预修武宗实录，侍经筵，旋致仕归。其书画名重当代，门徒甚众，号吴门画派。诗词多写个人生活情怀，也有少量咏物之作。著有《甫田集》三十五卷，今人整理成《文征明集》。

鹧　鸪　天[①]

秋　雁

【题解】

借物喻人是古典诗词中的常见手法。文征明借大雁的遭遇，写出了人生的某种感喟。大雁不远万里，长途飞行来到南方是为了避寒，可从空中到地面都存在着干扰和危险，且觅食良艰，生活无着。换头突出大雁精神，写出它善良的内心世界，在极端困苦危难的境地，仍然替南楼幽人着想，相互叮咛莫过南楼之侧，以免引起楼内佳人更痛苦的哀怨。全词紧扣大雁，似无旁涉。但读竟全词，不禁想到嘉靖年间不测的政治气候，这不正是那个时代里贤识之士的政治感受吗？

万里南来道路长，更将秋色到衡阳[②]。江湖满地皆矰缴，何处

---

① 选自《文征明集》。 ② 更将秋色到衡阳：谓大雁把秋色带到了衡阳。将：带。

西风有稻粱[3]。　随落日，渡清湘，晚鸦冲突不成行[4]。相呼莫向南楼过，应有佳人恼夜凉。

③ 矰缴(zēng zhuó)：古代猎取飞鸟的射具。“何处”句意谓：秋风中不知何处可以觅食。 ④ 这三句意为：夕阳西下，乌鹊归巢，昏鸦横冲直撞，冲散了秩序井然的雁阵。

（丁国祥）

陈霆(生卒年不详)　字声伯,浙江德清人。弘治十五年(1502)进士,授刑科给事中。正德间因获罪于刘瑾,贬至六安。瑾败复起,官山西提学签事。晚归居林下,潜心著述,诗词古文均得时人称善。著有《山南稿》《两山墨谈》《山堂琐语》《唐余纪传》《渚山堂诗话》《渚山堂词话》等。

踏　莎　行[①]

晚　景

【题解】

本词表现的是一幅凄凉、黯淡的秋景图,透过灰色的景物,抒发了词人的凄苦心境。起笔几句所构成的境界,与马致远《天净沙·秋思》相似。凭高极目,意在寻找行人,打听归信,将词人哀怨、忧伤而犹未绝望的心态充分展示出来。全词多处化用前人成句如同己出,亦其成功之处。

流水孤村,荒城古道,槎牙老木乌鸢噪[②]。夕阳倒影射疏林,江边一带芙蓉老[③]。　　风暝寒烟,天低衰草,登楼望极群峰

---

① 选自《明词综》。 ② 三句化用隋炀帝诗句"寒鸦千万点,流水绕孤村",马致远散曲《天净沙·秋思》"枯藤老树昏鸦,小桥流水人家,古道西风瘦马"。乌鸢(yuān):乌鸦、老鹰。③ 该句从李贺"鲤鱼风起芙蓉老"句化出。

小④。欲将归信问行人，青山尽处行人少。

④ 天低衰草：远望无际，衰草连天，寓愁情无限。秦观《满庭芳》："山抹微云，天粘衰草……斜阳外，寒鸦万点，流水绕孤村。"写飘泊无定的旅愁。

（丁国祥）

张綖(生卒年不详)　字世文,江苏高邮人。正德八年(1513)举人,曾任武昌通判,官至光州知州。一生刻意于词,并首先提出“婉约”“豪放”二体之说。著有《南湖集》《杜诗通》《诗余图谱》《南湖诗余》。

风　流　子[①]

【题解】

王夫之谓:“以乐景写哀,以哀景写乐,一倍增其哀乐。”(《薑斋诗话》)这首词正是妙在以乐景写哀情,在对往日爱情生活的甜蜜回忆中衬托出欢爱无再的惆怅和悲慨。上片着眼于季节转换,新春来临,词人倚帘而望,似乎伊人就在目前。当年绣阁游戏,野外寻芳,全是诗情画意。换头猛然醒悟:爱情欢乐已成过去,无处寻踪。虽然痴情为伊所牵,不能忘怀,可芳车无信,欢聚难再,纵有相思之情,亦无法传达,这便引起了词人的“惆怅”,一种浓重的失落感。

新阳上帘幌,东风转、又是一年华[②]。正驼褐寒侵,燕钗春袅,句翻词客,簪斗宫娃[③]。堪娱处,林莺啼暖树,渚鸭睡晴沙。绣阁轻烟,剪灯时候,青旌残雪,卖酒人家[④]。　此时因重省,瑶台畔曾

---

① 选自《明词综》。② 新阳:初春的太阳。③ 驼褐:驼毛制成的御寒短衣。燕钗;玉燕钗,插在发髻上的首饰。春袅:在春风中摆动。簪斗:古代妇女的一种游戏。此句分写男女郊外戏嬉之状,意为身着驼褐的词客微感寒意,但词兴正浓。打扮入时的女子在游戏,头上的燕钗随着春风颤动。④ 青旌:犹青帘,俗称酒旗。

遇，翠盖香车[5]。惆怅尘缘犹在，密约还赊[6]。念鳞鸿不见，谁传芳信[7]？潇湘人远，空采蘋花。无奈疏梅风景，碧草天涯。

---

⑤ 重省（xǐng）：回忆。瑶台：相传为仙境，此指相遇之处。翠盖香车：女子所坐的小车。⑥ 赊（shē）：遥远。⑦ 鳞鸿：鱼、雁，均代指传书使者，转指书信。

（丁国祥）

夏言(1482—1548)　字公谨,江西贵溪人。正德十二年(1517)进士,授行人,历官吏科都给事中、翰林院侍读、入直内阁,至吏部尚书,拜华盖殿大学士,居首辅。后为严嵩所忌,借故夺职构陷至死。嵩败,追复原官,谥文愍。夏言诗文词曲均擅名一时,尤以词曲见长。著有《桂州集》。

浣　溪　沙[①]

【题解】

春深夏浅,绿肥红瘦时节,总易令人伤感,不少词人亦借此感叹时光流逝,青春不再,或抒发珍惜流年、只争朝夕的情怀。但夏言这首词的用意还不尽在此。词由写景起笔,词人从季节变换,产生出浓重的失落感,既留春无计,一切只有寻觅于梦中了。然而,梦又能多长久?迅即被夏初特有的风声、雨声、蛙鸣声所唤醒,回到了迷茫的现实。眼前是明月照窗纱的朦胧之景;内心是春归无觅处的怅惘之情。词突出表现词人对东风暗换年华的敏感,对春归的感伤也是政治上衰迟之感的曲折表现。

庭院沉沉白日斜。绿阴满地又飞花。瞢腾春梦绕天涯[②]。

帘幕受风低乳燕,池塘过雨急鸣蛙。酒醒明月照窗纱。

---

① 选自《明词综》。 ② 瞢(mén)腾:睡梦迷糊的状态。

(丁国祥)

杨慎(1488—1559)　字用修,号升庵,四川新都人。正德六年(1511)进士第一,授修撰,迁经筵讲官。世宗嘉靖三年(1524),以"大礼议"直谏忤旨,谪戍云南永昌,羁管三十余年。天启间追谥文宪。升庵广闻博识,在云南三十余年著述不断。《明史》称其著作之富为明代第一。后人辑有《升庵集》。另有《丹铅余录》《诗话补遗》《词林万选》等多种,于学术、诗、文、词、曲、戏剧诸方面均取得卓著成就。其词典雅清丽,对明代词风的转变有一定影响。

临　江　仙①

【题解】

这首词脍炙人口,清初毛宗岗父子取之置于《三国演义》篇首,流传极广。这虽是杨慎《二十一史弹词》中说秦汉一章的开场词,却说尽了历代兴亡,寄托了人生感慨,可以说是以词写的史论,也是以词写的人生论。千古风流人物,无论是非成败,一样在历史的长河中被淘尽,唯有青山绿水永恒存在。词人作为首辅之子、一代状元,何其盛;然一朝得罪,老死南荒,又何其衰!本篇虚中见实,未涉及任何具体的历史事件、人物,却包罗一切,容量极大。

滚滚长江东逝水,浪花淘尽英雄②。是非成败转头空。青山依

---

① 选自《杨慎词曲集》。② 浪花淘尽英雄:英雄人物在历史长河的冲刷中消失。苏轼《念奴娇》:"大江东去,浪淘尽、千古风流人物。"词意即本此。

(丁国祥)

旧在，几度夕阳红。　　白发渔樵江渚上，惯看秋月春风。一壶浊酒喜相逢。古今多少事，都付笑谈中。

水调歌头①

灵宝县赏牡丹②

【题解】

牡丹国色天香，历来吟咏颇多。本篇题作赏牡丹，可“赏”字只在上片中作了简略的交代，更多的是代牡丹抒怨情。因为，词人所赏的牡丹，是微雨后被剪下的花枝。尽管它初离其本，依然娇艳欲滴，可毕竟遭到了无情的摧残，词人便由此生发感慨，写出了一曲牡丹哀歌。过片所表现的正是人格化的牡丹哀情。席上之人欢笑不已，离根之花却有天涯之恨。它似乎也在思索、在愁叹，可无法表达，也无人理解。这是花的哀怨，也是作者借牡丹流露的心情，其寄意深沉凄婉。

春宵微雨后，香径牡丹时。雕阑十二，金刀谁剪两三枝③。六曲翠屏深掩，一架银筝缓送，且醉碧霞卮④。轻寒香雾重，酒晕上来迟⑤。　　席上欢，天涯恨，雨中姿。向人如诉，欲将彩笔寄相思⑥。

---

① 选自《杨慎词曲集》。② 灵宝县：在河南西部与陕西交界的黄河南岸。③ 金刀：指剪刀。④ 六曲翠屏：六折屏风。碧霞卮（zhī）：以青玉做成的酒杯。此泛指精美酒具。⑤ 酒晕：酒后脸上泛起的红晕。⑥ 彩笔：五色笔，借指文思、文采，典见《南史·江淹传》。

九十春光堪惜[7]，万种心情难写，粉泪半低垂。晓看红湿处，千里梦佳期。

---

⑦ 九十春光：春天三个月，约九十天，故曰九十春光。

（丁国祥）

李濂(1488—1566)　字川父，又作川甫，号嵩渚，河南祥符(今河南开封)人。正德九年(1514)进士，历官山西按察佥事。免归后家居四十余年。诗风流畅飞扬，词以清峭见胜。著有《嵩渚集》等。

柳　梢　青[①]

修武道中[②]

【题解】

记游或羁旅词，不仅易于浮泛，少个性，而且后者每多愁苦之音。李濂此词写情固然放旷，尤贵在笔下拉出空间感，有一种扫描式的快节奏，故颇新颖。遣词明快，韵节亦密合而流动有致。

烂漫春游，人生行乐，山水夷犹[③]。昨夜河阳，今朝修武，明日怀州[④]。　　平生雅兴难酬。信辔去、东风紫骝[⑤]。问酒花村，题诗松寺，飞梦蓬邱[⑥]。

---

① 选自《明词综》。 ② 修武，在河南省。 ③ 夷犹：此处作盘桓、流连解，本意为迟疑徘徊。 ④ 河阳：今河南孟县。怀州：今河南沁阳。 ⑤ 骝：骅骝，名马，良驹。紫骝即紫色好马。 ⑥ 蓬邱：即蓬莱山，泛指仙山，与花村、松寺均非确指。

(曹林芳)

吴子孝(1495—1563)　字纯叔，长洲(今江苏苏州)人，大学士吴一鹏之子。嘉靖八年(1529)进士，官至湖广布政使参议，为官守正道，言事必穷极是非。著有《玉涵堂集》《玉霄仙明珠集》。

浪　淘　沙①

【题解】

这是一首伤春词。伤春词往往别有寄托，但若此词运笔空灵者，又难以究其确指为何。上片感叹春去难留，写花是为伤春，写草亦为伤春，着一"苦"字，情已尽现。下片惆怅春来之难，时下燕正啁巢，夏已来临，明年春来尚属遥远，必将有一番焦虑的等待。全篇措语平淡，然格调凄婉，蕴意深沉。

春去苦难留。花落溪头。年年三月替花愁。想到天涯芳草遍，望断吟眸②。　　燕子已啁啾③。日暖风柔。画帘垂下雨初收。纵是明年春到也，犹隔今秋。

---

① 选自《历代诗余》。② 吟眸(móu)：诗人(骚人)眼睛。望断：望穿。③ 啁(zhōu)啾：鸟鸣声。

（丁国祥）

徐渭(1521—1593)　字文清,又字文长,号天池山人、青藤道士等,山阴(今浙江绍兴)人。天才超逸,于戏曲、诗文、书画诸方面均取得较高成就。然科场失利,未入仕途。胡宗宪总督浙江时,辟为掌书记,为抗击倭寇出谋划策。胡获罪被杀,徐渭也潦倒终生。其文学主张对后来的"公安三袁"颇有影响。著有《徐文长集》《南词叙录》、杂剧《四声猿》等,相传《歌代啸》亦出其手。今人整理成《徐渭集》。

浣　溪　沙[①]

鉴　湖[②]

【题解】

这是一首以画笔写成的词,画的是鉴湖风光,寄托了作者狂傲不羁而又孤寂的人生态度。越王台以南,水天茫茫,有如万顷浅蓝色的绸缎平铺在地。就在这广袤浩淼的水乡泽国,有一位与白鸥为盟的幽人独据莎滩。下片颇有色彩缤纷、热闹非凡之致。游女们酒醉颜红,临水嬉闹,荷花莲叶倍增风骚。可这恰好衬托了那位旁观的幽人静寂清雅形象。全词上片突出阔大,写万顷湖水;下片着眼细小,写到钗子,目的在于以湖水之广表观"幽人"心境孤高,以游女之盛突出幽人之静。词语极具严密的逻辑关系:因醉而颜红鬓乱;因临水嬉闹而钗落清波。

浅碧平铺万顷罗[③],越台南去水天多。幽人爱占白鸥莎[④]。

---

① 选自《徐渭集》。 ② 鉴湖:即镜湖。旧时较为宽广,宋以后淤缩,今存湖面仅约十五平方公里。词中言万顷乃夸张之词。 ③ 罗:一种绸缎,常染成浅青色,此喻湖水。 ④ 越台:即

十里荷花迷水镜，一行游女惜颜酡⑤。看谁钗子落清波。

越王台。在绍兴城西、鉴湖以北，越王勾践尝登此远眺。幽人：隐士。白鸥莎：栖息白鸥的水边草地。 ⑤ 颜酡(tuó)：因饮酒而脸红。

（丁国祥）

王世贞(1526—1590)　字元美，号凤洲，又称弇州山人，江苏太仓人。嘉靖二十六年(1547)进士，官刑部主事。迁青州兵备副使。因杨继盛事获罪于严嵩，其父王忬亦为严嵩构陷下狱，世贞与弟伏乞严嵩之门而不得免，父死，弃官归。后复起用，官至刑部尚书，以疾辞归故里。与李攀龙同为“后七子”领袖。其持论“文必秦汉，诗必盛唐”，晚年有所改变。一生著述数百万言，《弇州山人四部稿》及其续集达三百七十七卷，对戏曲也有较深的研究，相传作《鸣凤记》。其于“词则沾沾自喜，亦出人一头地”(《明词综》引汪伯玉语)。

玉　蝴　蝶①

【题解】

上片词境，颇似周邦彦《少年游》“并刀如水，吴盐胜雪，纤手破新橙”。一派温馨，写尽了相逢之时的无限欢娱。而“记得”二字则明示此乃当年之事，从记忆中写出，属虚笔。下片写眼下实情，落英纷纷，年华断送，在颠风狂雨中飘泊天涯，见高楼燕子，望天涯芳草，惹起无绪的凄怨。结句以《琵琶行》诗意烘染氛围。

记得秋娘家住，皋桥西弄，疏柳藏鸦②。翠袖初翻金缕，钩月晕红牙③。启朱唇、含风桂子；唤残醉、微雨梨花。最堪夸，玉纤亲自，浓点新茶④。　　嗟呀。颠风妒雨，落英千片，断送年华。海角山

---

① 选自《明词综》。② 秋娘：杜秋娘，此泛指一般歌妓舞女。皋桥：在今苏州市阊门内。疏柳藏鸦：柳枝上有栖鸦。③ 金缕：即金缕曲，代指歌舞。④ 浓点新茶：即点茶，一种

尖，不应飘向那人家。惹新愁、高楼燕子；赚人泪、芳草天涯[5]。况浔阳，偶然江上，一曲琵琶。

泡茶方法。⑤ 赚人泪：赢得别人流泪。

（丁国祥）

徐媛(1560—1620)　字小淑，苏州副使范允临妻，擅长绘画，好吟咏，与陆卿子唱和，深得吴中士大夫称誉。著有《络纬吟》，词作清疏，深具画意。

渔　家　傲[1]

【题解】

徐媛长于绘画，这首词就是她用清新秀逸之笔勾画出的一幅江南水乡风景画，极有层次感。上片以“夜月”笼罩画面；选农家茅屋、木笼，桔槔入画，弃暮色而取摇谷声之“戛戛”，见淳厚古朴的农家俗趣。下片将“小妇”点染在翌日清晨的青山芙蓉、绿树翠竹、远浦轻帆之中，画面色彩明妍又生机盎然，江南水乡的秀丽景色怡然可喜。

板扉小隐清溪曲，夜月罗浮花覆屋[2]。木笼戛戛摇生谷[3]。庄田熟，桔槔悬向茅檐宿[4]。　　青山一片芙蓉簇。林逸韵飘横竹。远浦轻帆低几幅。浓睡足，笑看小妇双鬟绿[5]。

---

① 选自《词苑萃编》。② 此两句借罗浮来形容月下青山如洞天仙境般美丽。③ 木笼：即木砻(lóng)，去稻壳的工具，形状如磨，用时须手推之。戛戛(jiā)：推木笼发出的声音。④ 桔(jié)槔(gāo)：井上汲水的一种工具，在井旁架上横挂一杠杆，一端系水桶，一端坠石块，一起一落，汲水可以省力。⑤ 双鬟绿：黑发梳成双环形的发髻。

（张静秋）

孙承宗(1563—1638)　字稚绳,河北高阳人。万历进士。天启二年(1622)任兵部尚书经略蓟辽,在关外四年颇有建树。后受魏忠贤排挤去职。崇祯二年(1629)后金(清)兵入大安口,明廷起用他守通州,移镇山海关,收复关外重镇多所。四年(1631),罢职归里。十一年(1638),清兵绕道入长城,进攻高阳,孙承宗率家人守城,城陷自缢。著有《高阳集》。

水　龙　吟①

【题解】

此词横放杰出,为有明一代所少见。全篇大声镗鞳,铁骨铮铮,颇有东坡、稼轩遗风。上片感叹国中无人,社稷风雨飘摇,自己虽渐已老态龙钟、屡遭排挤,但击楫中流、御侮卫国之志无时忘怀。下片表示希望能手握宝剑、亲率强兵驰骋沙场,打败入侵之敌,固守祖国关隘。全词以对立的设想谋篇布局,衬托出作者的一片热血忠心。

平章三十年来,几人合是真豪杰②。甘泉烽火,临淮部曲,骨惊心折③。一老龙钟,九扉鱼钥,单车狐搰④。念山河百二,玉镡罢手,

---

① 选自《高阳集》。 ② 平章:评论。 ③ 甘泉烽火:甘泉,宫名,故址在陕西淳化甘泉山上,汉文帝时匈奴入侵,烽火直达宫中。此句暗示战火已延至京城附近。临淮:西汉郡名,故址在今安徽凤阳附近;部曲:队伍。骨惊心折:惊心动魄。 ④ 九扉:九重门;鱼钥:古代门锁常制成鱼形,取其从不瞑目之义,谓之鱼钥。单车狐搰(hú):典出《汉书·张纲传》及《国语》:"狐埋之而狐搰之,是以无成功。"意谓徒劳无功。

都付与，中流楫[5]。　　快得熊罴就列，更双龙、陆离光揭[6]。一朝推毂，万方快睹，百年殊绝[7]。玄新陴，卢龙旧塞，贺兰雄堞[8]。看群公撑住，乾坤大力，了心头血。

---

⑤ 玉镡(xín)：以玉装饰的剑柄，代指剑。玉镡罢手：意为放下剑柄（暗寓武备松弛）。⑥ 熊罴就列：雄壮的队伍。双龙陆离光揭：双龙指双剑，陆离光揭即光彩夺目。⑦ 推毂：重用之意。⑧ 玄菟、卢龙、贺兰：皆指边防战略要地。玄菟：在吉林南部与朝鲜之间，为中朝交通要道。陴：城上女墙。卢龙：在北京东北喜峰口，扼河北与东北水陆交通要道。贺兰：宁夏与内蒙交界处一南北走向山脉，扼东西交通要道。

（丁国祥）

俞彦(1572—1641 后)　字仲茅，上元(今江苏南京)人。万历二十九年(1601)进士，官至光禄寺少卿。其词多小令，以淡雅见称，在明后期词坛，其风格有一定的代表性。词散见于各选本，另有《爱园词话》等。

长　相　思[1]

【题解】

这首词以简洁细腻笔法，写一女子与情人分别后的相思之情。写法上，运用复杂而微妙的感情交织，对花的爱与恨以及对于相思的怕而又不得不相思的矛盾交织中，体现她对爱情的忠贞和对幸福的向往。词中化用前人成句亦颇妥帖。

折花枝，恨花枝，准拟花开人共卮，开时人去时[2]。　　怕相思，已相思，轮到相思没处辞，眉间露一丝[3]。

---

① 选自《明词综》。 ② 准拟：打算、安排。 ③ 四句化用范仲淹《御街行》“都来此事，眉间心上，无计相回避”及李清照《一剪梅》“此情无计可消除，才下眉头，却上心头”之意。

（丁国祥）

施绍莘(1588—1640)　字子野,号峰泖浪仙,江苏华亭(今上海松江)人。少怀大志,欲大有为,然屡试不第,遂绝意仕进,纵情声色,并常与隐者浪迹于西湖太湖之间。一生以词曲擅名,佳作不少。所作词曲情苦辞哀,格调凄婉,是天启、崇祯年间时代精神的折射。著有《花影集》。

浣　溪　沙①

【题解】

这是一幅有声有色的闺阁春怨图。春雨、落花、薄衾、单枕、孤灯等意象群组成了一个完整的画面,以烘托夜半不寐、独对青灯的女主人公愁肠百结、忧思万端的寂寞心情。娇艳的鲜花带雨落去,象征着她的青春年华因摧残消逝。在这摧残下密约不酬,佳期不来,故而有浑如梦境,"多半待来生"的哀叹。但尽管如此,主人公却仍在执著地等待,极力忍受着孤寂的煎熬,"多半"两字透露出她在凄冷焦虑的期待中的一丝希冀。

半是花声半雨声,夜分淅沥打窗棂②。薄衾单枕一人听。
密约不明浑梦境,佳期多半待来生。凄凉情况是孤灯。

---

① 选自《明词综》。② 半是花声半雨声:落花声与雨声交织。用孟浩然《春晓》"夜来风雨声,花落知多少"之意。

(丁国祥)

沈宜修(1590—1635)　字宛君,江苏吴江人,明末著名女作家。年十六嫁同邑叶绍袁,生八子三女,与其夫及子女皆有文采,通经史,能诗词。后痛幼女早卒而疾,未几卒,年四十六。其诗词细腻委婉,词采清丽润圆,叶绍袁将其诗词与三个女儿之作合辑为《午梦堂十集》,沈氏之集名《鹂吹集》。

霜　叶　飞[①]

题君善祝发图[②]

【题解】

一幅削发出家图,本无所可写:即便皈依佛门之事,也很少有人在诗词中涉及。沈氏面对此图,却百感交集。遁入空门,本是极为痛苦之事,若非遭受重大打击,焉能下此决心?于是,作者落笔即代祝发者设想,将有限的画面扩展为无限的现实生活。上片写了一个曲折的矛盾过程,紧扣画面,又丰富了画面内容。下片进一步展开议论。狂与醉的真正内涵是激烈的感情波动,若面对秋风落叶,耳听啼猿哀鸣无所触动,观蕊落楚江,望芳洲秋草无悲无恼,则去动求静之致已得,画中人即可七情断绝,六根清净了。女词人抒发了对遁入空门者的深深哀惜和理解。此词回环迭宕,境界凄冷,色彩寒淡,倾泻出比画面更丰富的内涵。

闷怀难表。西风弄,愁人踪迹颠倒。笑拚华发付凄凉,露泣芙

---

① 选自《鹂吹集》。② 祝发:削发出家。君善:沈自继(1585—1651)的字,自继为宛君胞兄。

蓉老。梦破柳烟蝴蝶晓，沉吟掷镜寒云扫[3]。世事总休休，但倩取幽窗月影，夜半留照[4]。　　憔悴！动处非狂，愁时易醉，画里人应知道。绕崖黄叶正纷纷，好共哀猿啸。落蕊楚江君莫恼，芳洲处处悲秋草[5]。自有闲云飞伴，松月山空，桂丛烟渺。

---

③ 梦破句：用庄子梦蝶之典，意在表示人生如梦，虚幻飘渺。寒云：此指白发。④ 倩：请求、唤取。⑤ 两句意为：花落江水，秋风里处处萧瑟，君不必悲恼。暗示人生无时无烦恼。

（丁国祥）

王彦泓(1593—1642)　字次回，江苏金坛人。虽出身名家，但穷年力学，科举不遂，只做过华亭(今上海松江)县学训导。其词凄婉绮丽，情深语秀，风格与韦庄稍近。著有《疑云集》《疑雨集》。

满　江　红[①]

【题解】

这首词所写的情事意境，与唐人崔郊《赠婢》颇有相似之处。王彦泓早年曾与一位婢女热恋，为家庭所阻，此婢因之被逐出王家，一度沦为歌女，后来做了道姑。王虽另娶，但对她的爱恋之情却终身不渝。崇祯元年(1628)，王妻物故，词人于七年后劝她脱离道籍，终结为夫妇。此词作于天启七年(1627)，即王妻逝世前一年。上片写深沉的爱情，无情的抛散，别后的痛苦思量；下片写无限的哀怨、怀思和对意中人命运的关切，表现了词人曲折的心境和对伊人的一往情深。以《满江红》调写恋情，不多见。

眼角眉端，谁首有、这场抛散[②]！怕向那、定情帘下，诉愁窗畔。几度卸妆垂手望，无端梦觉低声唤。猛思量、此际正天涯，啼珠溅。

欲寄语，加餐饭[③]；难嘱付，凭鱼雁。隔云山牵挽，寸心如线。善病每逢春月卧，长愁多向花前叹。况如今、憔悴已难堪，何曾惯？

---

① 选自《明词综》。 ② 眼角眉端：犹言眉目传情，两心相许。 ③ 古诗《行行重行行》有句："弃捐勿复道，努力加餐饭。"此处借用，意在劝慰对方。

(丁国祥)

陈子龙(1608—1647)　字卧子，一字人中，明亡后一度改名，自号大樽，松江华亭(今上海松江)人。明季几社领袖，与夏允彝齐名。明崇祯十年(1637)进士，初任浙江绍兴推官，擢兵科给事中。1644年清兵攻入北京后，乃事福王(朱由崧)于南京。南明弘光政权沦亡，奋起抗清。顺治四年(1647)，事败被执，不屈而投水殉难。有《幽兰草》词一卷，又《棣萼香词》(一名《唱和诗余》)存其《湘真阁存稿》一卷；乾嘉间王昶所编《陈忠裕公全集》收有其弟子王沄为其所辑部分作品。

浣溪沙①

杨花

【题解】

古人填词，讲究寄托，亦即重视词的寓意。即便是咏物之作也往往小中见大，寄托遥深。此词虽系明亡前作品，却非“艳词”，其中饱含着作者忧时念世的深沉感慨。此词辞句流畅，风格妍丽婉委，在“怜他飘泊奈他飞”、“天涯心事少人知”的描写中，寄托了作者对危如累卵的家国的无比忧虑和惆怅。全词无一字提到杨花，也没有对杨花形象作正面刻画，然而却句句紧扣杨花，把杨花的神韵勾画了出来。王士祯评价此词说：“不著形象，咏物神境。”

百尺章台撩乱飞，重重帘幕弄春晖。怜他飘泊奈他飞。　淡

① 选自《陈忠裕公全集》。

日滚残花影下[②]，软风吹送玉楼西。天涯心事少人知。

② 淡日：谓百无聊赖的日子。

（汪泰陵　蔡惠瑛）

江　城　子[①]

病起春尽

【题解】

此词作于明亡前夕，作者正在病中。其时明王朝人心涣散，败局已定。所以尽管作者出于对朱明王朝一片忠心，对它仍存有种种幻想，但“无情春色”早已过去，一切期望自然不会有什么结果，顶多只能“添我几行清泪也，留不住，苦匆匆”而已。词中“人自伤心花自笑”的强烈对比，“料得来年，相见画屏中”的对时局发展的预料，以及“凭燕子，骂东风”的看似不近情理之举，都写得凄恻哀怨、沉痛无比，一个忠爱满怀的臣子形象跃然纸端，令人唏嘘不已。

一帘病枕五更钟，晓云空，卷残红。无情春色，去矣几时逢？添我几行清泪也，留不住，苦匆匆。　　楚宫吴苑草茸茸[②]，恋芳丛，绕

① 选自《陈忠裕公全集》。② 楚宫吴苑：楚国之宫殿，吴国之宫苑。此处泛指前朝的宫苑。茸(róng)茸：草木茂盛丛生貌。

（汪泰陵　蔡惠瑛）

游蜂。料得来年，相见画屏中。人自伤心花自笑，凭燕子，骂东风。

唐多令[①]

【题解】

坐落在北京天寿山的明十三陵，从某个角度来说是朱明王朝的象征。当清兵的铁蹄踏上十三陵之后，忠于朱明王朝的人士无不痛心疾首、难以接受此事实。当时，因抗清而身陷囹圄的作者听到这个消息后，就在狱中含泪写下这首被人称作“绝笔”的词作。故国之思，忧愤之情溢于言表，结句更明确表达了期复明室的不可动摇的意念。全词悽怨激楚，悲愤填膺，与国变之前的作品显然大异其趣，足见作者词风在国破家亡后的转变。

寒食。时闻先朝陵寝，有不忍言者[②]

碧草带芳林，寒塘涨水深。五更风雨断遥岑[③]。雨下飞花花上泪，吹不去，两难禁。　　双缕绣盘金[④]，平沙油壁侵[⑤]。宫人斜外

---

① 选自《陈忠裕公全集》。 ② 先朝：前朝。此处指朱明王朝。陵寝：帝王陵墓建筑。 ③ 遥岑：远山。唐韩愈《孟郊联句》：“遥岑出寸碧，远目增双明。” ④ 双缕：双丝线。盘金：季咸用诗：“盘金束紫身属官，强仁小德终无端。” ⑤ 油壁：车名。妇人所乘之车，车身饰以油漆，故名。

柳阴阴[6]。回首西陵松柏路[7]，肠断也，结同心。

---

⑥ 宫人斜：唐代宫女的坟墓。宋张侃《宫人斜》诗："万古宫人斜上望，淡烟衰草为凄然。"此处泛指宫人之墓。 ⑦ 西陵：此指坐落在北京天寿山的明十三陵。

（汪泰陵　蔡惠瑛）

二　郎　神[1]

清明感旧

【题解】

清明时节，作者面对沧桑巨变，提笔写下这首情词哀婉的"感旧"词。"野老吞声、漫天风雨"的凄凉情状与旧时"莺歌燕舞""柳堤花墅"的繁华景象的巨大落差，与"年年芳草，不管江山如许"的深深怨恨，紧紧地交织一起，在作者的心中，形成了一种无法排遣的愁思。全词情景交融，一气呵成。

韶光有几[2]？催遍莺歌燕舞。酝酿一番春[3]，秾李夭桃娇妒[4]。东君无主[5]。多少红颜天上落[6]，总添了数抔黄土[7]。最恨是年年

---

① 选自《陈忠裕公全集》。 ② 韶光：此谓春光。 ③ 酝酿：谓积渐而成。 ④ 秾李夭桃：指艳丽争春的桃李。一作"夭桃秾李"。 ⑤ 东君：司春之神。 ⑥ 红颜：此谓年轻美貌的女子。 ⑦ 抔（póu）：捧。一抔土，即一捧土，极言土之少。数抔黄土，谓数座坟墓。《史记·张释之传》："假令愚民取长陵一抔土，陛下何以加其法乎？"长陵是汉高祖刘邦的陵墓。

芳草，不管江山如许。　　何处？当年此日，柳堤花墅[8]。内家妆[9]，搴帷生一笑[10]，驰宝马汉家陵墓。玉雁金鱼谁借问[11]？空令我伤今吊古。叹绣岭宫前[12]，野老吞声[13]，漫天风雨。

后称坟墓为一抔土，本此。⑧ 花墅：遍种花卉的亭院。⑨ 内家：此指宫女。⑩ 搴(qiān)帷：揭开帐幕。⑪ 玉雁金鱼：皆为衣带上的饰物。⑫ 绣岭宫：唐宫名。故址在今河南陕县。高宗显庆三年建。⑬ 野老：山野老人，此处指称遗民。

（汪泰陵　蔡惠瑛）

陆钰(生卒年不详)　字忠夫，号真如，曾改名荩谊，晚号退庵，浙江海盐人。万历四十六年(1618)举人，九上春闱不售，遂闭门著述，足迹不入城市。明亡，隐居小桃源，未几，绝食卒。其词早年闲适侧艳，然身历惨变，一腔悲愤倾注毫端，转见苍凉凄婉。著有《射山诗余》。

曲　游　春①

和查伊璜客珠江元韵②

【题解】

此词为组词三首之一。上片极写欢乐，似实而虚。词人与挚友在燕舞莺歌之时间牡丹芳信，透出一股春天的欢悦气息。对酒当歌，寻访胜景，别有情趣。但“依稀”二字将欢情轻轻抹去。清兵南下，惊破东南士人的好梦，词人惊心动魄，激起了心底的浪花。结句声沉语咽，哀感万端。

问牡丹开未？正乳燕身轻，雏莺声细。共听霓裳，看为云为雨，胡天胡帝③。与君行乐处，经回首、依稀都记。携来丝竹东山，几度

---

① 选自《射山诗余》。 ② 查伊璜：查继佐，字伊璜，号东山，浙江海宁人，作者诗友，时寓居广东珠江，作《曲游春》三阕寄陆钰叹时局、抒悲哀。 ③ 为云为雨：云雨本指男女情事，此处写美妙歌舞。胡天胡帝：写歌女服饰之奇异。《诗经·君子偕老》：“胡然而天也，胡然而帝也。”

尊前杖底[4]。　　鼙鼓东南动地[5]。见下濑楼船，旌旗无际[6]。未免关情，对楚岭春风，吴江秋水。暗洒英雄泪[7]。更莫问、年来心事。又是午梦惊残，歌声乍起。

---

④ 丝竹东山：谢安隐居东山，以丝竹自娱之。 ⑤ 鼙(pí)鼓：借指军事。白居易《长恨歌》："渔阳鼙鼓动地来，惊破霓裳羽衣曲。" ⑥ 濑：急流；楼船：战船。此指清兵南下。⑦ 楚岭、吴江：此处借指大好河山。

（丁国祥）

陈洪绶(1599—1652)　字章侯,号老莲,浙江诸暨人。明末书画名家,工山水人物,书法则遒劲刚健,与北平崔子忠齐名,号“南陈北崔”。崇祯间曾召入供奉,为中书舍人。明亡后,纵迹浮图间,纵情诗酒,每饮必醉,醉必有作,自称老迟、悔迟、弗迟。诗词多有清刚之气。著有《宝纶堂集》。

菩　萨　蛮[①]

【题解】

这首词作于明亡以后,故颇多悲哀气氛。词人表面写弹琴,其实是在萧杀悲凉的气氛中弹的一曲痛悼亡明的哀乐,曲调高雅,音色凄迷,哀转痛绝,有如潇湘风雨,触目成悲,感念故国之意尽现笔端。

秋风袅袅飘梧叶,博山炉里沉香热[②]。绿绮手中弹,挥弦白雪寒[③]。　明珠声一串,变作英娥怨[④]。风雨暗潇湘,哀音应指长。

---

① 选自《宝纶堂词》。② 秋风袅袅:秋风吹动的样子。博山炉:香炉。③ 绿绮:琴名。白雪:高雅的曲调,古曲有“阳春白雪”。④ 明珠;形容歌声圆润如明珠流转。英娥怨:用尧女娥皇、女英之典。

(丁国祥)

鹧鸪词[1]

【题解】

南宋末年邓剡作有《鹧鸪词》，入词调，陈洪绶仿之作四首，此为第一首。邓词有“天长地阔多网罗，南音渐少北音多”之句，抒国破家亡之痛，陈词沉痛之情尤过之。陈去病《五石脂》认为“此词似歌似谣，似乐府，似涕泣，似醉呓，庶几所南《心史》之文云”，深得其旨。古代诗词有“禽言”一体，以鸟鸣象声词立意，寄抒一己之情。《鹧鸪词》将此体发展到一个新的高度。

行不得也哥哥[2]。我也图兰不作坡[3]。无山无水不风波，是非颠倒似飞梭[4]。飞不起，可奈何？行不得也哥哥。

---

① 选自《宝纶堂词》。 ② 行不得也哥哥：鹧鸪叫声似云“行不得也哥哥。” ③ 图兰不作坡：南宋郑思肖画兰花不画土，以寓国土已沦亡于元人手。思肖字所南，宋末著名遗民，著有《心史》，并以工画墨兰著称。 ④ 此句谓是非颠倒何其迅速。陈氏站在“华夷之大防”立场看明亡清兴，觉得一切都颠倒了。

（曹林芳）

商景兰(1605—1676)　字媚生,浙江山阴(今绍兴)人,明末爱国大臣祁彪佳之妻。工词,小令尤情思流畅,清新俊逸。著有《锦囊诗余》,一名《香斋集》。

捣　练　子[①]

【题解】

这首思远小令妙在构思。相思因离别之久更绵长不断,尚有可慰的是望月怀远,"千里共婵娟"。而贪看明月之际,却风吹灯灭,情韵中断,一片黑暗之中,仅有孤单、寂寞,长夜为伴。这段相思,有何计可消除?

长相思,久离别。为谁憔悴凭谁说?卷帘贪看月明多,斜风恰打银釭灭。

① 选自《锦囊诗余》。

(张静秋)

烛影摇红[1]

春感

【题解】

商景兰的丈夫崇祯时为御史，清军破南京后自杀殉国。这首词作于祁彪佳捐躯以后。词作叙说春感，实际上是抒写沧桑之感，寄寓家国之痛。笔致沉郁深婉，悱恻感人。词的上半阕从又逢阳春起笔侧重写词人在春景依旧，“繁华未断”中的恍若隔世之感。换头点出风云变幻，山河易主，是词人心理失重的原因。下半阕深切怀念为国尽忠、英年早逝的丈夫。人去矣，生死两茫茫，惟有悲凉凄恻的笳角声在春夜良宵中回荡，使词人悲慨无穷。

春入华堂，玉阶草色重重暗。寒波一片暎阑干[2]，望处如银汉。风动花枝深浅，忽思量，时光如箭。歌声撩乱，环珮丁当，繁华未断。

游赏池台，沧桑顷刻风云换。中宵笳角恼人肠[3]，泣向庭帏远。何处堪留顾盼，更可怜，子规啼遍。一枝残腊，满壁图书，几声长叹。

---

① 选自《锦囊诗余》。 ② 暎：“映”的异体字。 ③ 中宵：夜半。

（张静秋）

徐之瑞(生卒年不详)　字兰生,浙江仁和(今杭州市)人。明崇祯九年(1636)举人。入清不仕。有《横秋词》。

水　龙　吟[①]

登瓜步江楼[②]

【题解】

在清初的遗民词中,徐之瑞的这首词,以其对故明王朝的一片赤诚以及铿锵顿挫的音调,为时人所称道,充分表达了明亡之后,一批仁人志士的艰辛人生道路及凄凉孤寂的心情。这首词首先展示的便是江山易主的沧桑巨变。词人发出“神州谁复”的呼喊,但只能用“悲无限,吞声哭”来表达内心难以言状的痛苦。字字句句都能使人感受到词人忠于明室的拳拳之心,以及不愿与新朝合作的高风亮节。全词忠义奋发,披肝沥胆,风格苍凉悲壮,气势恢宏。

怒涛千叠横江,是谁截断鳌足[③]?却思当日,风云叱咤,气吞巴蜀。江左夷吾[④],风流顿尽,神州谁复?但茫茫睹此,河山如故。悲

---

① 选自《横秋词》。 ② 瓜步:镇名,在江苏六合东南,南临大江。南北朝时为兵家必争之地。北魏太武帝拓跋焘南征刘宋,兵至瓜步,即止。 ③ 截断鳌足:古代神话传说共工氏怒触不周山,天柱折,地维缺,女娲氏断鳌足以立地之四极。《淮南子·览冥》:“往古之时,四极废,九州裂……于是女娲炼五色石以补苍天,断鳌足以立四极。” ④ 江左夷吾:西晋怀、愍(mǐn)二帝为前赵刘曜所虏,琅玡王司马睿(元帝)渡江,建东晋王朝,以王导为相,付以国

无限，吞声哭！　　正拟清游堪续。剩荒台、乱鸦残木。伤心莫话，南朝旧事[5]，春波犹绿。鼎鼎华年[6]，滔滔逝水，浮生何促[7]！指三山缥缈[8]，凌云东去[9]，醉吹霜竹[10]。

事。司空刘琨在幽州，遣右司马温峤入朝。峤见导，出谓人曰："江左自有管夷吾，此复何忧。"夷吾，春秋齐管仲，相桓公而成霸业。⑤ 南朝旧事：用以指代明王朝。⑥ 鼎鼎：本指懒散貌，引申为蹉跎。⑦ 促：时间紧迫。⑧ 三山：即蓬莱等三仙山。⑨ 凌云：高入云霄。常喻志气高超。⑩ 霜竹：指笛子，此句喻为高洁情志。

（汪泰陵　蔡惠瑛）

彭孙贻(1615—1673)　字仲谋,一字羿仁,浙江海盐人,明贡生。自幼聪颖,读书过目成诵,性耿介孝友。曾与同邑吴蕃昌(字仲木)创"瞻社",一时名流称为"武原二仲"。痛其父彭期生殉国难,明亡后终身不仕,杜门奉母。卒后乡人私谥孝介先生。善诗词,工书画,著有《茗斋集》《茗斋杂记》等。

满　江　红①

【题解】

本词小序所写之事,发生在元至元十三年(宋恭帝德祐二年,1276)。是年正月十八日,元兵入杭州,宋谢、全二太后举国降元。宫中昭仪王清惠被虏赴北时题《满江红》于驿壁,文天祥读此有感,以为末句欠商量,乃代作一首。彭氏读之悲感,和作二阕,此为其一。上片紧扣王昭仪身世,衬之以天宝故事,写尽了宋朝灭亡、六宫北迁的悲凉,已隐寓了遗民的故国之思。下片则直抒胸中的愤怒与悲怆,表面上仍扣着亡宋故事,实则古今同慨,声情激越,气壮山河,颇切《满江红》的音韵气势。

次文山和王昭仪韵②。昭仪"嫦娥相顾肯从容,随圆缺"句,须于"相顾"处略读断,原是决绝语,不是商量语。文山惜之,似误。然文山所和二结句,又高出昭仪上。读之悲感,敬步二阕。

---

① 选自《茗斋诗余》。 ② 文山:文天祥,号文山,南宋抗元英雄。昭仪:宫中女官,此处特指王清惠。按:王作末句应为"问嫦娥、于我肯从容,同圆缺?"

曾侍昭阳，回眸处、六宫无色③。惊鼙鼓、渔阳尘起，琼花离阙④。行在猿啼铃断续，深宫燕去风翻侧⑤。只钱塘、早晚两潮来，无休歇。　　天子气，宫云灭。天宝事，宫娥说⑥。恨当时不饮，月氏王血⑦。宁坠绿珠楼下井，休看青冢原头月⑧。愿思量、望帝早南还，刀环缺⑨。

---

③ 化用白居易《长恨歌》“回眸一笑百媚生，六宫粉黛无颜色”句。 ④ 亦从《长恨歌》中化出。琼花：原指扬州名花，此处借指王昭仪，也泛指其他被俘宫嫔。 ⑤ 此句用唐玄宗避乱蜀地两夜栈道闻铃故事。 ⑥ 此用元稹《行宫》诗意：“寥落古行宫，宫花寂寞红。白头宫女在，闲坐说玄宗。” ⑦ 月氏（ròu zhì）：或作月支，秦汉间游牧于敦煌、祁连之间的少数民族，此处借指元蒙政权，暗指清朝。 ⑧ 绿珠：晋石崇妓，有绝色。孙秀悦之，求而见拒，计陷石崇。石被逮杀，绿珠坠楼而死。青冢原头月：此用王昭君故事，意为身陷异国，不得还乡。⑨ 望帝句：意为王昭仪生未南还，死后魂仍盼南渡，亦未如愿。刀环缺：形容不得圆满。

（丁国祥）

叶小鸾(1616—1632)　字琼章，一字瑶期，江苏吴江人，叶绍袁、沈宜修之幼女。与母及姊叶纨纨、叶小纨俱能诗词，而小鸾最工。许字昆山张立平为妻，忽于婚前五日病卒，年仅十七岁。父母兄姊甚哀，叶纨纨竟随之而亡。著有《疏香阁遗集》，其父将之刻入《午梦堂十集》中，更名《返生香》。

南　歌　子[①]

秋　夜

【题解】

莫名的愁绪最难表达，叶小鸾这首词却巧妙地借秋夜的凄清迷茫写出一位成熟少女的朦胧愁思。掩户闭窗，词人未能入睡，在庭院内踽踽独行。此间有所见：香雾、阑干、淡烟、红树、青天、弯月；也有所感：青天因云散而瘦，翠袖因风吹而寒。其境界有如冯延巳之"独立小桥风满袖"，凄冷、孤寂、迷朦。

门掩瑶琴静，窗消画卷闲[②]。半庭香雾绕阑干，一带淡烟红树、隔楼看。　　云散青天瘦，风来翠袖寒。嫦娥眉又小檀弯[③]。照得满阶花影、只难攀。

---

① 选自《明词综》。 ② 消：消失、消除，引申为关闭。窗消：关窗。 ③ 小檀弯：喻月弯如眉。檀：浅赭色，唐宋时闺中多取以画眉。

（丁国祥）

张煌言(1620—1664)　字玄著,号苍水,浙江鄞县人。崇祯举人。明亡,于弘光元年(1645)与同邑钱肃乐等起兵抗清,奉鲁王监国,据守浙东及舟山群岛,官兵部尚书。鲁王政权覆灭后,又与郑成功合兵北伐,康熙三年(1664),才解散余部,隐居南田悬岙岛,未几被俘,解至杭州就义。张煌言诗词多与战斗经历有关,音节昂扬,气势雄壮,充满强烈爱国主义精神。后人辑有《张苍水集》。

柳梢青①

【题解】

改朝易代之时,对于亡国的深沉思索,是每一位遗民忧患意识的体现。这种思索,在明末清初的有识之士中是相当普遍的现象。上片入题直问是何人坏了锦绣河山,沉痛悲愤。下片写到自身,正话反说,表明他一息尚存,抗清不止的豪情壮志。然而,师未捷,头先白,不禁悲感,和泪看剑,其情可知。

锦祥山河,何人坏了,雨瘴烟峦。故苑莺花,旧家燕子,一例阑珊。　　此身付与天顽②,休更问秦关汉关。白发镜中,青萍匣里③,和泪相看。

---

① 选自《张苍水集》。② 天顽:天生愚钝。③ 青萍:宝剑名。

（丁国祥）

夏完淳(1631—1647)　字存古，华亭(今上海松江)人，夏允彝之子。十五岁从父及师陈子龙起兵抗清，父师死难，仍奔走不止，受鲁王封为中书舍人。顺治四年(1647)七月被捕，械送南京，痛骂洪承畴，不屈而死，年仅十七岁。其诗词多写国破家亡的惨痛，悲壮凄楚而又豪烈。作品散佚较多，今有合编本《夏完淳集》。

烛影摇红[①]

【题解】

“市朝更改”是理解本词的关键，点明了作者以悲欢离合写兴亡成败，饱含这位青年志士的无限悲哀。词中表现的是：春天降临，全不管人世沧桑，面对春光，女主人公却触目成愁，因为她有焦虑的等待，可这笔愁债却又无法清还，静倚银釭，其人不归，情何以堪？当年筝瑟歌舞，潇洒欢快；与今日对比，恰衬托出心中的凄冷悲哀。她对伊人的苦恋，正是作者深沉的民族感情的体现。歇拍处繁华与凄凉并举，超越了个别男女的悲剧，进而反映了整个时代的悲凉心态。

辜负天工，九重自有春如海[②]。佳期一梦断人肠，静倚银釭待。隔浦红兰堪采，上扁舟、伤心欸乃[③]。梨花带雨，柳絮迎风，一番愁债。　　回首当年，绮楼画阁生光彩。朝弹瑶瑟夜银筝，歌舞人潇洒。一自市朝更改，暗销魂、繁华难再。金钗十二，珠履三千，

① 选自《夏完淳集》。 ② 天工：一作“天公”，意谓造物主。九重：九重天。春如海：春光浩荡。 ③ 欸(ǎi)乃：棹歌声。古乐府有《欸乃曲》。

凄凉千载[4]。

④ 金钗十二：指侍女众多。珠履三千：指门客众多。

（丁国祥）

李雯(1608—1647)　字舒章，江南华亭(今上海松江)人。少与陈子龙、宋征舆齐名，称“云间(松江县古称)三子”。明崇祯十五年(1642)举人。入清，授弘文院撰文，中书舍人，充顺天乡试同考官。有《蓼斋词》一卷。

菩　萨　蛮①

【题解】

这是一首借惜春来哀叹国事日非的词，作者生当明、清易代之际，对春将归、国将亡的现实感慨无穷，因而写下这首情感极为深沉的词作。全词借景抒情，寓情于景。特别是结尾的“不语问青山，青山响杜鹃”两句，更是内涵丰富，所感甚大，表达了作者对家国的深深的忧虑之情。清谭献用“亡国之音”来评价这首词，能帮助我们把握全词的基调。

蔷薇未洗胭脂雨，东风不合催人去②。心事两朦胧，玉箫春梦中③。　斜阳芳草隔，满目伤心碧④。不语问青山，青山响杜鹃。

---

① 选自《蓼斋词》。② 合：应该。③ 春梦：春日之梦。常以喻世事无常，繁华易逝。④ 伤心碧：李白《菩萨蛮》：“平林漠漠烟如织，寒山一带伤心碧。”

(汪泰陵　蔡惠瑛)

风 流 子[①]

送 春

【题解】

这首《送春》词通过对“花褪残红、莺捎浓绿”暮春景色的描写，含蓄地表达了因国事日非而产生的落寞情怀。词中“谁教春去也”这一看似无理、实则有情的诘问，“人间恨、何处问斜阳”的伤感，以及“长杨紫陌，付与谁行”的忧虑，并非庸人自扰、故作多情之举，其实正是作者无力挽住春的脚步、无可奈何的心声。

谁叫春去也？人间恨、何处问斜阳。凡花褪残红，莺捎浓绿，思量往事，尘海茫茫[②]。芳心谢，锦梭停旧织，麝月懒新妆[③]。杜宇数声，觉余惊梦；碧栏三尺，空倚愁肠。　　东君抛人易，回头处、犹是昔日池塘。留下长杨紫陌[④]，付与谁行？想《折柳》声中[⑤]，吹来不尽；落花影里，舞去还香。难把一樽轻送，多少暄凉[⑥]。

---

① 选自《蓼斋词》。② 尘海：犹言人间、人世。③ 麝月：月亮。④ 长杨：秦宫名。旧址在今陕西省周至县东南。⑤《折柳》：古乐曲名，即《折杨柳》，系乐府古题。⑥ 暄凉：炎凉，也指年月的变迁。

（汪泰陵　蔡惠瑛）

浪 淘 沙[1]

杨 花

【题解】

明、清易代之际不少士族出仕新朝，然其中有些人对自己的操守感到愧疚。每念及此，常会如芒刺在背。这首词正表现了这部分知识分子极为复杂的心态。词中对杨花"可惜章台新雨后，踏入沙间"的惋惜，正是作者内心深处不安、悔恨的真实流露。诚如谭献在《箧中词》中所评："哀于堕溷(hùn)。"其实作者所"哀"的又何止他一人？

金缕晓风残[2]，素雪晴翻[3]。为谁飞上玉雕阑？可惜章台新雨后，踏入沙间。　　沾惹忒无端[4]，青鸟空衔[5]。一春幽梦绿萍闲[6]。暗处消魂罗袖薄，与泪偷弹。

① 选自《蓼斋词》。② 金缕：曲调名。③ 素雪：比喻杨花。④ 忒(tè)：〈方言〉太。⑤ 青鸟：汉班固《汉武故事》："七月七日，上于承华殿斋。日正中，忽见有青鸟从西来。上问东方朔。朔对曰：'西王母暮必降尊像。'……有顷，王母至，……青气如云，有二青鸟如鸾，夹侍王母旁。"后多借指使者。⑥ 幽梦：隐隐约约的梦境。

（汪泰陵　蔡惠瑛）

吴伟业(1609—1671)　字骏公,号梅村,江南太仓人(今属江苏)。明崇祯四年(1631)会试第一,廷试第二,初授翰林院编修,历迁东宫侍读,南京国子监司业。南明弘光帝时,任少詹事。因与马士英、阮大铖辈不合,辞官归里。乙酉南都亡覆,屏居乡里近十载。顺治十年(1653),被迫应召出为秘书院侍讲,迁国子祭酒。十三年以病乞归。有《梅村词》一卷。

丑奴儿令①

艳　情

【题解】

此词是一首值得一读的艳词。全词把主要笔墨集中在对女主人公神态的刻画上,因而人物显得栩栩如生,姿态万千,而又不伤雅,很是难能可贵。清末陈廷焯《词则·闲情集》卷三中评价说:"娇态如画。既曰'后约',又曰'商量',何也?盖当'抵死'推时,不得不稍为婉款。末句真乃妙绝。"实际上即是对此词中人物情态的成功刻画的充分肯定。

低头一霎风光变②,多大心肠,没处参详③。做个生疏故试郎。
何须抵死推侬去④,后约何妨?却费商量。难得今宵是乍凉。

---

① 选自《梅村词》。② 风光:此谓脸上的表情。③ 参详:参酌详审。④ 抵死:竭力,坚持。侬:古代吴越(今江、浙)一带称他人为"侬"。

(汪泰陵　蔡惠瑛)

满　江　红[①]

蒜山怀古[②]

【题解】

吴伟业是清初词坛的领袖人物。他不仅艳词写得好,而且气韵沉雄的长调慢词也很有特色。这首词融写景、抒情、议论为一体,用事虽多但不显累赘,大气磅礴,一气呵成,堪称苏、辛后劲。陈廷焯评此词曰:“怀古苍茫,议论雄快、悲郁。”又说:“此词声情悲壮,高唱入云。顿挫生姿,哀感不尽,不专为南徐写照也。”实为深中肯綮之论。

沽酒南徐[③],听夜雨、江声千尺。记当年、阿童东下[④],佛狸深入[⑤]。白面书生成底用[⑥]?萧郎裙屐偏轻敌[⑦]。笑风流、北府好谈兵,参军客[⑧]。　　人事改,寒云白。旧垒废,神鸦集[⑨]。尽沙沉浪洗,断戈残戟。落日楼船鸣铁锁[⑩],西风吹尽王侯宅。任黄芦苦竹

---

① 选自《梅村词》。 ② 蒜山:山名。在江苏丹徒西。临江绝壁,以山多泽蒜而名。一作算山。相传汉末周瑜、诸葛亮议拒曹操,谋算于此,故名。 ③ 南徐:州名。东晋南渡,侨置徐州于京口,宋改称南徐,即今江苏镇江市。 ④ 阿童东下:阿童,晋初大将龙骧将军王濬(jùn)小字。武帝谋伐吴,濬从益州(今四川)顺江东下,攻入建业(今南京市),吴遂亡。⑤ 佛狸:北魏太武帝拓跋焘小字。他击败南朝宋的军队后,率追兵直达瓜步(今属江苏六合县)。 ⑥ 白面书生:犹言少年文士。含有年轻识浅之意。此处作者显然是在借古讽今,嘲笑那些扶明无能的文人学士。 ⑦ 萧郎裙屐:谓仪表堂堂、修饰华美而无真才实学者。出《北史·邢峦传》:“萧深藻是裙屐少年,未洽政务。” ⑧ “笑风流”两句:《晋书·郗超传》:“时愔在北府,徐州人多劲悍。”又《晋书·刘牢之传》:“太元初,谢幼度北镇广陵。时苻坚方盛,幼度多募劲勇,牢之与何谦等应选。幼度以牢之领精锐百战百胜,号为北府兵,敌人畏之。” ⑨ 神鸦:啄食残余祭品的乌鸦。 ⑩ 楼船鸣铁锁:亦指王濬当年灭吴之事。

打寒潮[11]，渔樵笛。

⑪ 黄芦：芦苇的一种，因茎干为黄色而得名。苦竹：竹的一种，其笋味苦。

（汪泰陵　蔡惠瑛）

满　江　红[1]

感　兴

【题解】

这首感兴词通过结茅高隐生活的片断描写，表现了作者躬耕田园后怡然自得的喜悦，对宦海生涯的厌倦，以及独善其身的心志。同时，也从一个侧面反映了当时仕途污浊，及知识分子与统治者的不合作态度。全词言浅意深，意味隽永，看似信手拈来，而欣喜舒畅之情则跃然纸上。

老子生平，雅自负、交游然诺[2]。今已矣、结茅高隐[3]，溪云生阁。暇日好寻邻父饮，归来一枕松风觉。但拖条、藤杖笋鞋轻[4]，湖山东。　　也不赴，公卿约。也不慕，神仙学。任优游散诞[5]，断云

① 选自《梅村词》。② 雅：极、甚。交游然诺：谓结交朋友重视许诺。③ 结茅：指盖造简陋的房屋。高隐：谓远离尘世隐居不仕。④ 笋鞋：以笋壳制作的鞋。⑤ 优游：悠闲自得。散诞：逍遥自在。

孤鹤。健饭休嗟容鬓改[6]，此翁意气还如昨。笑风尘，劳攘少年场[7]，安耕凿[8]。

⑥ 健饭：谓饭量大。 ⑦ 风尘：风起尘扬，天地昏浊，因以喻世俗的扰攘。劳攘：谓劳碌纷扰。 ⑧ 耕凿：耕田凿井。泛指各种农活。

（汪泰陵　蔡惠瑛）

沁　园　春[1]

赠柳敬亭

【题解】

柳敬亭是明末清初著名的艺人，善说书，曾为明末统帅左良玉的座上客。因为他的这段经历，关系到南明小王朝的兴衰，故清初不少词人都借题发挥，写了数以百计的作品，赠给柳敬亭，以寄托对朱明王朝的思念。吴伟业可说是首倡者。上片写柳敬亭的才智，下片写他为明王朝四处奔走的情景以及遭遇，悲慨激扬，感人至深，是一首为人称道的词作。

客也何为，八十之年，天涯放游。正高谈拄颊，淳于曼倩[2]；新

① 选自《梅村词》。 ② 淳于：淳于髡(kūn)，战国齐稷下人，以博学、滑稽、能言善辩著称。曼倩：汉东方朔字。滑稽善辩，说话诙谐而妙趣横生。

知抵掌，剧孟曹丘[③]。楚汉纵横[④]，陈隋游戏[⑤]，舌在荒唐一笑收。谁真假，笑儒生诳世[⑥]，定本春秋[⑦]。　眼中几许王侯[⑧]？记珠履三千宴画楼[⑨]。叹伏波歌舞[⑩]，凄凉东市[⑪]，征南士马，恸哭西州。只有敬亭，依然此柳，雨打风吹絮满头[⑫]。关心处，且追陪少壮，莫话闲愁。

---

③ 新知：新结交的知己。抵掌：击掌。剧孟：汉洛阳人。史称他喜拯人危难，为人所称道。曹丘：曹丘生。汉季布任侠义勇，得楚之辩士曹丘生为之揄扬，而名益著。后因以曹丘或曹丘生作为荐引的代称。 ④ 楚汉纵横：谓说西楚霸王项羽与汉王刘邦争战的故事。 ⑤ 陈隋游戏：陈，指南朝陈。南朝陈及隋朝在我国历史上，都是立国仅三十余年的短命王朝，故云陈隋游戏。 ⑥ 诳(kuán)世：谓欺骗、迷惑世人。 ⑦ 定本：校订审定的书稿叫定本。春秋：古代编年体史书的通称。此处泛指史书。 ⑧ 几许：多少。 ⑨ 珠履三千：柳敬亭因入左良玉幕府，故用此典。 ⑩ 伏波：《史记·卫将军骠骑列传》："(路)博德以卫尉为伏波将军，伐破南越，益封。"《后汉书·马援传》："马援字文渊，扶风茂陵人也……交趾女子征侧及女弟征贰反……寇略岭外六十余城，侧自立为王。于是玺书拜援伏波将军……南击交趾。"西汉路博德、东汉马援曾先后拜"伏波将军"，出征交趾。后因用作咏将领南征的典故。此处指左良玉，左氏曾于崇祯十七年封宁南伯。福王立于南京，又进封宁南侯。 ⑪ 东市：此即"东市朝衣"。汉代在长安东市处决判处死刑的人。汉景帝时，御史大夫晁错衣朝衣斩东市，后因以"东市朝衣"指代大臣被杀。 ⑫ "只有敬亭"三句：因敬亭姓柳，故作者一语双关，用柳树喻指柳敬亭。

（汪泰陵　蔡惠瑛）

贺 新 郎[1]

病中有感

【题解】

作为一个身事两朝的人物，吴伟业常常为自己名节有亏而感到负疚和愧怍，故在其病危之际写下这首极度痛苦和悔恨参半的据说是“绝笔”之词，为自己一生画上了一个沉重的句号。这首词通过历史人物和明亡时慷慨死节的友人来和自己作对比，从而反衬自己当年“沉吟不断、草间偷活”的可耻；又用名医华佗再生也无法治疗自己的心病，来表示自己胸中尚有一腔热血。全词情感真挚，一气而下，熔身世之感和时事之慨于一炉，凄怆悲凉，自怨自艾，从深层揭示了进退失据的某些知识分子的心态。

万事催华发。论龚生、天年竟夭[2]，高名难没。吾病难将医药治，耿耿胸中热血[3]。待洒向、西风残月。剖却心肝今置地，问华佗解我肠千结[4]。追往恨，倍凄咽。　故人慷慨多奇节[5]。为当年、沉吟不断，草间偷活。艾灸眉头瓜喷鼻[6]，今日须难决

① 选自《梅村词》。 ② 龚生：即龚胜，西汉彭城人。哀帝时为谏议大夫，后出为渤海太守。王莽篡位，归隐乡里。莽数遣使征之，拜上卿，不受。语门人高晖等曰：“旦暮入地，岂以一身仕二姓！”绝食死。天年：自然的寿数。夭：少壮而死。 ③ 耿耿：此谓有心事，烦躁不安，不能忘怀。 ④ 华佗：汉末名医。精于方药、针灸及外科手术。后多用以代指名医。肠千结：谓心中痛楚，有如肠子缠绕打结。千，言“结”之多，永远解不开。 ⑤ 此句谓自己的许多老朋友为抗清先后慷慨死节。如陈子龙、夏允彝父子等人。这句是对他们英勇捐躯的赞誉之词。 ⑥《隋书·麦铁杖传》：“及辽东之役，(铁杖)请为前锋，顾谓医者吴景贤曰：‘大丈夫性命自有所在，岂能艾炷灸颏，瓜蒂歕鼻，治黄不差，而卧死儿女手中乎?’”此句是作者自

绝[7]。早患苦、重来千叠。脱屣妻孥非易事[8]，竟一钱不值何须说！人世事，几完缺？

谓，即使用“艾灸眉头瓜喷鼻”这种古代中医治病的方法也无法治愈他的心病。⑦ 决绝：永别。⑧ 脱屣（xǐ）妻孥（nú）句：谓和妻子儿女决绝，并不像脱鞋一样轻巧。脱屣：喻把事情看得很轻，不足介意。

（汪泰陵　蔡惠瑛）

方以智(1611—1671)　字密之,号曼公,又自号龙眠愚者。明崇祯十三年(1640)进士,官翰林院检讨。方以智是"明末四公子"之一,才智过人。唐王建都福州曾召复故官,不赴。后助瞿式耜(sì)立永历帝于肇庆,见权臣乱政,复不应召就官,仅允充史职,隐于山中。清兵至,变服为僧,曾被执,释后居梧州云盖寺,继去江西吉安主青原山道场。晚年复陷囹圄,押赴岭南,卒于万安惶恐滩舟中。方以智平生著作百有余种,惜屡遭世变,大都未及付梓。其《浮山词》也难觅见。然而仅以散见诸选本之作,特别是今存作者手书横卷词五首看,苍凉惨淡,笔力健举,实为清初遗民词之精华,也是有清一代安徽词人中足称冠冕的名家。

满　江　红[①]

梧州冰舍作[②]

【题解】

这首词以及以下所选的几首词均系作者于顺治八年(1651)在梧州被拘及落发以后到庐山栖游这段时期所写。这首《满江红》是作者被清兵羁囚"待刃"时的作品。风格凄怆悲壮,笔力遒劲奇崛。"见青山半卷,碧云千里"等句尤为出色,字里行间处处流露出视死如归的英雄气概。是清初遗民词中不可多得的优秀作品。

烂破乾坤[③],知消受、新诗不起[④]。正热闹、黄金世界,红妆傀

① 选自作者手书横卷五首。② 梧州,古地名,即今广西梧州市。当时作者居梧州云盖寺。③ 烂破乾坤:此处指被清兵铁蹄蹂躏了的祖国大地。乾坤:本指天地。④ 消受:禁受。

偏[5]。兰蕙熏残罗绮骨[6]，笙歌饯送沙场鬼[7]。被一声、霹雳碎人间[8]，春心死。　　泪珠儿，从今止；眼珠儿，从今洗。见青山半卷，碧云千里。鸣涧响遮归鹤语[9]，冷风剪破雕龙纸[10]。几万重、楼阁一时开，团瓢里[11]。

---

⑤ 两句意为：乱轰轰地庆贺夺取中原大好河山的清统治者，不就像舞台上身着妇女服装的傀儡？红妆：指妇女的盛装。傀儡：木偶。 ⑥ 兰蕙：本指香草，美人。此处指荒淫享乐的生活。罗绮骨：谓身着华美衣服的枯骨。 ⑦ 饯(jiàn)送：以酒食送行。 ⑧ 一声霹雳：指清统治者建立了清王朝这一现实。 ⑨ 归鹤：用辽东人丁令威成仙化鹤回家乡之典，以慨叹人世沧桑。 ⑩ 雕龙纸：指写满字的纸。雕龙：本指善于文辞。这里指糊窗户的字纸。⑪ 团瓢：圆形的草屋。此句为悟彻语，谓繁华倏息，全成蒿莱草茅。

（汪泰陵　蔡惠瑛）

千　秋　岁[1]

匡庐凌云社作[2]

【题解】

方以智，在明亡之后，还曾为“反清复明”多方奔走，然而，明王朝要想东山再起已属不可能。现实无法接受，往事不堪回首，于是，作者便把一腔不平之气寄寓于山光水色。

---

① 选自作者手书横卷五首。 ② 匡庐：江西庐山。南朝宋释慧远《庐山记略》：“有匡裕先生者，出自殷周之际……受道于仙人，共游此山，遂托室崖岫，即岩成馆，故时人谓其所止为神仙之庐，因以名山焉。”

上片写庐山诸峰的神奇秀丽、庐山面貌的不可捉摸；下片写庐山的飞瀑流泉、寺庙钟磬、茫茫云海，以此来寄托自己对祖国大好河山的热爱以及对故明王朝的怀念。

匡君庐后③，遂有名山姓。峰顶上，开三径。麻姑招五老④，列槛窥明镜⑤。君不见，庐山面目何曾定⑥。　说法东林竟⑦，飞瀑消钟磬⑧，随一片，闲心听。香炉休篆字⑨，雨洗苔痕净。云起处，浅深染却关仝病⑩。

---

③ 匡君：即匡裕先生。此句是说，匡裕先生在庐山居住之后。④ 麻姑招五老：庐山有九十余峰，“麻姑”、“五老”皆为峰名。五老峰在庐山南面，为庐山名胜。据《浔阳记》：“山北有五峰，于庐山最为峻极，其形如河中虞乡县前五老之形，故名。” ⑤ 明镜：庐山耸立在鄱阳之滨。庐山名胜含鄱口远远望去，鄱阳有如明镜，故云。⑥ 庐山面目何曾定：座落在江西北部的庐山，耸立在鄱阳湖、长江之滨，故江湖水气郁结，云海弥漫，凡到过庐山的人，都会有“不识庐山真面目”之感。⑦ 东林：寺名。故址在庐山。晋江州刺史桓伊为释慧远所建。时有释慧永，先居西林，此在其东，故名东林。⑧ 钟磬(qìng)：佛寺中使用的乐器。⑨ 香炉：峰名。即香炉峰，为庐山名胜之一。篆：指烧香时升起的烟缕，又称篆烟。因这里“香炉”是峰名，而不是真正供烧香用的香炉，故不可能有篆烟袅袅升起，“休篆字”即用此意。⑩ 关仝(tóng)：五代后梁长安人，善画山水，尤喜作秋山寒林图。此两句是说，庐山云海起来之处，那深浅程度不一的云彩，似乎也染上了五代后梁画家关仝山水画技法上的毛病。

（汪泰陵　蔡惠瑛）

行 香 子[①]

三叠峡[②]

【题解】

三叠峡是庐山著名的景点。作者在这首词中通过丰富的想象，对鬼斧神工、天造地设的三叠峡景物作了传神的描写。全词结构精巧，想落天外，语言通俗易懂，明白晓畅。特别是上段结尾“有一条溪，千丈石，万株松”三句，以及下段结尾“在两崖间，三弄外，一声中”三句，似叠句又不完全叠，更增加了全词整齐划一、音韵回环的美。

划碎虚空，堕落珠宫[③]。漫夸张、鬼斧神工[④]。半间茅屋，八面玲珑[⑤]。有一条溪，千丈石，万株松。　急风斜雨，电卷雷轰。是谁来、掷杖成龙？千年古意，分付诗翁。在两崖间，三弄外[⑥]，一声中。

---

① 选自作者手书横卷五首。 ② 三叠峡：在庐山栖贤谷中，有三峡桥。桥下之溪系汉阳、五老两峰间九十九条水汇成。坡陡流急，涧中多大石，水行石间三叠而后至地，其声如雷，似长江三峡之势，故名。 ③ 堕落珠宫：此谓溪流从高处跌落，串串水珠四处飞溅，有如水珠的宫殿从高处堕落。 ④ 鬼斧神工：犹言天造地设，非人力所能就。 ⑤ 八面玲珑：谓到处敞亮通明。 ⑥ 弄：乐曲的一段或一支。

（汪泰陵　蔡惠瑛）

青 杏 儿[①]

【题解】

在方以智手书横卷的五首词中，独有这首《青杏儿》风格迥异于前四首。上片托物起兴，写自己面对现实的痛苦与不满，“锦袍白眼、青衫红泪，攒杀眉梁”正是这种心情的具体表现。下片“半炉麸炭，一瓢泉水，吞却鄱阳”几句，写得气势恢宏，含蓄地表达了自己无法泯灭的侠胆剑气。全词慷慨沉雄，给人以英雄挥泪，气吞山河之感。

遍地酒杯香。知多少、带累柴桑[②]？剩得古来双袖在，锦袍白眼[③]，青衫红泪[④]，攒杀眉梁[⑤]。　　开口断人肠。只消这、一字难当。渔父千年无处着，烨半炉麸炭[⑥]，一瓢泉水，吞却鄱阳[⑦]。

---

① 选自作者手书横卷五首。 ② 两句均为双关语。酒杯：既指一种藤大如臂，实花皆坚、可以酌酒的植物，也暗指清统治者上上下下欢庆所谓“胜利”而举行的酒宴，故云“酒杯遍地香”。带累柴桑：柴桑既指供烧火用的树木，因藤大如臂的酒杯一旦爬上树木，缠绕不止，就会影响其生长，故有“带累”之说；也指古县名，在今九江市西南一带。为陶潜隐退之地，这句也暗指刚入主中原的清统治者为征服人口众多的汉民族而实行种种残酷镇压，就连柴桑这样偏僻的地区也不能幸免的残酷现实。 ③ 锦袍：显贵人家的服装，故也用来称显贵之家。白眼：晋阮籍能为青白眼，见凡俗之士，以白眼对之。后以白眼表示鄙薄厌恶。 ④ 青衫：唐制，八九品文官的服色。后用以指官职卑微。红泪：本指妇女的眼泪，此泛指悲伤的眼泪。 ⑤ 攒杀眉梁：紧皱双眉，是忧虑不快的神态。眉梁：本指眼上方之眉骨，此处指双眉。 ⑥ 麸炭：质轻易燃的木炭。 ⑦ 鄱(pó)阳：为我国五大淡水湖之一，在长江以南，江西北部。湖形似葫芦，中为细腰，因而有南北之分。庐山名胜有含鄱口，在庐山东谷含鄱岭中央。山势高峻，怪石嶙峋，形凹如口，以势含鄱阳、气吞长江而得名。

（汪泰陵　蔡惠瑛）

曹溶(1613—1685)　字洁躬,又字鉴躬,号秋岳,一号倦圃,浙江秀水(今嘉兴市)人。明崇祯十年(1637)进士,官御史。入清,顺治初任河南道御史,督学顺天,累迁户部侍郎,左迁广东右布政使;降山西阳和道,补山西按察副使,备兵大同。旋丁忧不复出。康熙十七年(1678)举博学鸿词,以疾辞;再荐修《明史》,亦不赴。工词,为浙西词派开先河的著名词家。有《静惕堂词》一卷。

踏　莎　行[①]

答客问云中[②]

【题解】

曹溶在山西大同兵备任上,曾写下不少反映边塞荒寒肃杀的名篇佳制。这首《踏莎行》词即为此中代表。词作在描写边塞景物的同时,又着意刻画生活细节,于肃杀中见生活情趣,以此慰藉对故乡江南的眷念之情。词中所写之景、物,诉诸人的视觉、听觉、感觉,使人产生丰富的联想,激起强烈的共鸣。尤其是结句"高原望断少花枝,临风也省看花泪"更写得意蕴深长,耐人寻味。全词奇警不俗,情景俱佳。

堠雪翻鸦[③],城冰浴马,捣衣声里重门闭。琵琶忽送短墙西,当时不是无情地。　　帐底烧春[④],楼头热浴,百钱便博征夫醉[⑤]。寒

---

① 选自《静惕堂词》。② 云中:古地名,即今山西省大同市。③ 堠(hòu):古代瞭望敌情的土堡。④ 烧春:酒名。⑤ 博:换取。

原望断少花枝[6]，临风也省看花泪。

⑥ 寒原：寒冷荒凉的原野。

（汪泰陵　蔡惠瑛）

永　遇　乐[1]

雁门关[2]

【题解】

这首词通过对秋日晋北雄关——雁门关的景物描写，充分抒发了作者羁旅思乡的怀旧之情。全词凝重深沉，明爽奇俊，于开阔的气势中裹有紧缩的心绪。积久的悲哀和愁苦，一一从字里行间缓缓流出，更增强了全词感人的力量。

眼底秋山，旧来风雨，横槊之处。壁冷沙鸡[3]，巢空海燕[4]，各是酸心具。老兵散后，关门自启，脉脉晚愁穿去[5]。一书生、霜花踏遍，酒肠涩时谁诉[6]。　　阑珊鬓发[7]，萧条衣帽[8]，打入唱骊新

① 选自《静惕堂词》。② 雁门关：古关名。在山西代县西北。自古为戍守重地。与宁武、偏头为山西三关。③ 沙鸡：鸟名。外形似鸽，喙短而微曲。翅尖长，飞行极快，为不定性冬候鸟。④ 海燕：燕子的别称。古人认为燕子产于南方，渡海而至，故称。⑤ 脉脉：相视貌。⑥ 酒肠涩时：谓虽有酒，却饮之无味。涩：味不甘滑。⑦ 阑珊：衰落。⑧ 萧条衣帽：意为衣帽凄凉。

句[9]。回首神州，重重遮断，惟有翻空絮[10]。岁华贪换，刀环落尽[11]，草际夕阳如故。嗟同病、南冠易感[12]，登楼莫赋[13]。

---

⑨ 唱：歌，吟。骊：骊歌；即告别之歌。 ⑩ 翻空絮：指在空中随风飘舞的柳絮。 ⑪ 刀环落尽：谓还乡无望。刀环：刀头的环。《汉书·李陵传》："（任）立政等见陵未得私语，即目视陵，而数数自循其刀环，握其足，阴谕之，言可还归汉也。"环、还同音，故以"环"暗示"还"意。杜颜《从军行》诗："夜闻汉使归，独向刀环泣。" ⑫ 南冠：春秋时楚人钟仪被俘，囚于晋，不忘故国。他当时头戴南冠，即楚冠。后因以南冠比喻离乡的南方人或羁系的囚犯。作者为浙江人，滞留山西，羁旅思归，故用戴南冠的楚囚自比，抒发了思乡怀归之情。 ⑬ 作者因贬官来到山西，长期不能南归，心中的苦闷、愁苦自然很多，可是说了写了又能起什么作用呢？因而终于想说而不愿写不愿说，故云："登楼莫赋。"

（汪泰陵　蔡惠瑛）

满　江　红[1]

钱塘观潮

【题解】

由于钱塘江口地形的原因，每年农历八月十八日在浙江海宁一带，都会出现特大海潮。届时波涛汹涌，潮头壁立，犹如千军万马踏浪而至，大地为之动摇，实为世间罕见的奇观。这首词以潮神伍子胥的典故为线索，以"灵胥一怒"的"怒"字为核心，对钱塘江潮的威势、声响、颜色都作了绘声绘色、形神兼备的描写，情和景的吻合达到了高度的统

---

① 选自《静惕堂词》。

一，使人有身临其境之感。陈廷焯对此词评价颇高，认为它“沉雄悲壮，笔力千钧，允为此题绝唱。”(《白雨斋词话》)足证此词在同类作品中的地位。

浪涌蓬莱，高飞撼、宋家宫阙[2]。谁激荡、灵胥一怒[3]，惹冠冲发。点点征帆都卸了，海门急鼓声初发[4]。似万群、风马骤银鞍[5]，争超越。　　江妃笑[6]，堆成雪。鲛人舞[7]，圆如月。正危楼湍转[8]，晚来愁绝。城上吴山遮不住[9]，乱涛穿到严滩歇[10]。是英雄、未死报仇心，秋时节[11]。

---

② 宋家宫阙：南宋都临安，故宫在凤凰山下。即在今浙江杭州市南郊。此句极言钱塘江潮气势之雄伟，似乎连赵宋王朝的宫殿都要被撼动一样。 ③ 灵胥：指春秋时楚人伍子胥的灵魂。伍子胥名员，父奢、兄尚，都被楚平王杀害。子胥奔吴，吴封以申地，故称申胥。与孙武共佐吴王伐楚，五战入楚都郢(yǐng)，掘平王墓，鞭尸三百，吴王夫差败越，越请和，子胥谏不从。夫差信伯嚭(pǐ)谗，迫子胥自杀。 ④ 海门：钱塘江入海处有赭(zhě)、龛(kān)二山对峙似门，故称。 ⑤ 风马：神马。此用以比喻钱塘江潮。 ⑥ 江妃：传说中的江上女神。典出汉刘向《列仙传》。 ⑦ 鲛人：传说中居于海底的怪人。晋张华《博物志》：“南海水有鲛人，水居如鱼，不废织绩，其眼能泣珠。” ⑧ 湍(tuān)转：水势急速回旋貌。 ⑨ 吴山：山名。在杭州市西城东南。春秋时为吴国南界，故名。其上有子胥祠，故又名胥山。 ⑩ 严滩：即七里滩，在浙江富春山。严指后汉严光，字子陵，会稽(今浙江绍兴)余姚人。少曾与光武帝刘秀同游学，有高名。秀称帝，光变姓名隐遁。秀派人觅访，征召到京，授谏议大夫，不受，退隐于浙江富春山，以垂钓为乐。后人名其处曰严陵濑(lài)，亦称严滩，严陵钓台。 ⑪ “是英雄”两句：谓伍子胥一心一意要报吴王杀害他的仇，每年秋天那汹涌澎湃的钱塘江潮就是他复仇的怒涛。

(汪泰陵　蔡惠瑛)

送入我门来[1]

夏日塞上

【题解】

此亦为作者在山西大同兵备道任上时的作品。上片写塞上夏日的情景，苦寒荒凉，到了五月桃花也难开放。下片用对比的手法，极写南国此时游玩的欢乐以及画船在荷花间来往的情景。充分表达了作者塞居荒寒的苦怨以及内心的郁闷和感慨。特别是结尾对“良宵好梦”的描写，更从一个侧面反映了官场失意的知识分子无可奈何的心态。

山射蛟冰[2]，墙高燕麦[3]，桃花五月难开。魏家遗迹[4]，石马绣深苔[5]。连宵羌管离亭奏[6]，写一半江淹赋恨才[7]。春何在？只有风翻雨坼[8]，前日池台。　　南国嬉游此日[9]，抛残堕钗枕簟[10]，湖上安排。遍种红蕖[11]，潮动画船回。数年不见轻罗扇[12]，听银箭空将蜡炬催[13]。祝良宵好梦，个人相送[14]，到客窗来。

---

① 选自《静惕堂词》。 ② 蛟冰：指冬日凝结在屋檐下的冰柱。 ③ 燕麦：植物名。初为野生，燕雀所食，故名。 ④ 魏家：此谓魏国。魏：周朝国名。其址在今河南北部、陕西东部、山西西南部和河北南部等地。 ⑤ 绣：此谓长满。 ⑥ 离亭：路旁驿亭。地远者称离亭，近者称都亭。 ⑦ 江淹赋恨才：江淹以《恨赋》最为著名，故云。 ⑧ 坼（chè）：裂开。 ⑨ 南国：泛指南方。 ⑩ 抛残：丢下。簟（diàn）：竹席。 ⑪ 蕖：芙蕖，荷花的别名；红蕖，红色的荷花。 ⑫ 罗扇：用质地轻软、经纬组织显椒眼纹的丝织品蒙制的小扇。 ⑬ 蜡炬：蜡烛。 ⑭ 个人：那人。

（汪泰陵　蔡惠瑛）

宋琬(1614—1673)　字玉叔,号荔裳,山东莱阳人。清顺治四年(1647)进士,授户部主事。后任四川按察使。工诗,与施闰章齐名,有“南施北宋”之目。有《二乡亭词》。

浣　溪　沙[①]

芳　草

【题解】

在古代诗词中,春闺离情是常见的创作题材。这首《浣溪沙·芳草》就是这类题材的佳作之一。上片用疏淡清朗的笔调刻画了女主人公在“乍暖犹寒”的早春时节冷清、孤寂的情态。“玉楼长抱博山眠”云云就是此情此景传神写照。下片睹物思人。鸟语花香、芳草芊绵的大好春光,更唤起女主人公盼望和远方亲人相见的强烈愿望。然而云山阻隔,无可奈何的女主人公只好发出“几时青得到郎边”这一情真语挚的感叹。全词柔情缱绻,芊雅绵丽,读后有回味无穷之感。

乍暖犹寒二月天,玉楼长抱博山眠[②]。沉香火冷少人添。
残雪才消春鸟哢,[③]画阑干外草芊绵[④]。几时青得到郎边。

---

① 选自《二乡亭词》。② 博山:炉名,因表面雕有重叠山形的装饰,故名。作熏香取暖之用。③ 哢(nòng):鸟鸣。④ 芊绵:草木蔓衍繁茂貌。

(汪泰陵　蔡惠瑛)

破　阵　子[1]

关山道中

【题解】

这首词是作者的后期作品。上片极写险恶、艰难的关山道路。“拔地千盘深黑，插天一线青冥”的描写，给人以清峻峭拔之感。下片半紫半红的山树，阴崖间残存的白雪，叮咚作响的流泉，以及千骑夜行的场面，组成了一幅色彩鲜明的山水画。诗中有画，画中有诗，熔诗情画意于一炉，更平添了几分感人的力量。

拔地千盘深黑[2]，插天一线青冥[3]。行旅远从鱼贯入，樵牧深穿虎穴行[4]。高高秋月明。　　半紫半红山树，如歌如哭泉声。六月阴崖残雪在[5]，千骑宵征画角清[6]。丹青似李成[7]。

① 选自《二乡亭词》。 ② 拔地：耸出地面，形容突出超群。盘：通“磐”，即磐石，口语谓巨石。 ③ 插天：插入云天，极言其高。青冥：指青天。 ④ 樵牧：樵夫牧童。虎穴：此喻险地。 ⑤ 阴崖：谓山石背阳的一面。 ⑥ 宵征：夜行。 ⑦ 丹青：指绘画艺术，李成：作者自注：“李营丘有《关山图》。”李成，字咸熙，营丘（今山东淄博）人。著名画家。以山水画擅名。与关仝、范宽号为五代北宋山水画三大宗师。

（汪泰陵　蔡惠瑛）

满　江　红[1]

旅夜闻蟋蟀声作

【题解】

顺治十八年(1661),作者在浙江按察使任上,因事下狱三年。这首词就是这一时期的作品。词作以"终宵呜咽"的蟋蟀托物起兴,用"三秋纨扇长门妾"以自况,表达了自己"臣孤子孽"的痛苦心情。全词哀感凄切,语极沉痛,有一种催人泪下的力量。

试问哀蛩,缘底事、终宵呜咽[2]。料得汝、前身多是,臣孤子孽[3]。青琐闼边璎珞草,碧纱窗外玲珑月[4]。况兼他、万户捣衣声[5],同凄切。　　梧叶落,西风冽。莲漏滴[6],征鸿灭。似杜鹃春怨,年年啼血。千里黄云关塞客,三秋纨扇长门妾[7]。背银釭、和泪共伊愁,床前说。

---

① 选自《二乡亭词》。② 缘底:因为什么。呜咽:悲泣声。③ 臣孤子孽(niè):即孤臣孽子。指失势无援之臣与失宠之庶子。④ 青琐:本指宫门上镂刻的青色图案,后亦借指宫门。闼:宫中小门。璎珞:本指串珠玉而成的装饰品,也喻丛花幽草。⑤ 捣:捶、舂。⑥ 莲漏:莲花形的滴漏壶。晋释慧远居庐山。其弟子慧要以山中不知更漏,乃取铜叶制器,状如莲花,置盆水上,底孔漏水,半之则沉,每昼夜十二沉,虽冬夏短长,云阴月黑,皆无差错。其后不传。⑦ 三秋纨扇:谓深秋时节的团扇。喻过时无用的东西。长门妾:用司马相如作《长门赋》之典。

(汪泰陵　蔡惠瑛)

满　江　红[①]

【题解】

宋琬与曹尔堪、王士禄三人在清初均颇有诗名。三人均为进士出身，但都官场不得志，且因为各自不同的原因下狱。这原本是清初汉族士大夫处境艰难的明证，故作者称之为“奇祸”。这首词就是三人先后出狱后互相唱和之作中的一首。全词直抒胸臆，措词激烈。作者痛定思痛，更感到心底波澜，有如瞿塘怒涛，飞涨不息。特别是“故态狂奴仍未减，尊前甘蔗还堪杖”几句，更是掷地有声，锋芒不减。如此怨而怒的词章，在我国词史上，实属罕见。

予与顾庵、西樵皆被奇祸得免[②]

痛定追思[③]，瞿塘峡、怒涛飞涨。叹北寺、皋陶庙侧[④]，何期无恙[⑤]。庄舄悲歌燕市外[⑥]，灵均憔悴江潭上[⑦]。问绨[⑧]、袍高谊有还

① 选自《二乡亭词》。② 顾庵：曹尔堪号。西樵：王士禄号西山樵人，故称。③ 痛定追思：此谓出狱后再来思考那使人痛苦的往事。④ 北寺：东汉监狱名，主管监禁、审讯将相大臣，因在宫省的北面，故名北寺。皋陶：传说中舜的大臣，掌刑狱之事。⑤ 无恙：本指无疾无忧，后也泛称安全、完好。⑥ 庄舄(xì)：战国越人，仕楚，爵为执珪。虽富贵不忘旧国，病中思越而吟越声。⑦ 灵均憔悴江潭上：灵均，屈原字。《楚辞·渔父》：“屈原既放，游于江潭，行吟泽畔，颜色憔悴，形容枯槁。”⑧ 绨(tí)袍：战国范睢事魏中大夫须贾，为贾毁谤，笞辱几死。逃至秦，更名张禄，仕秦为相。后须贾出使入秦，范睢故着敝衣往见。贾怜其寒，取一绨袍为赠，旋知睢为秦相，大惊请罪。睢以贾曾赠绨袍，有眷恋故人之意，故释之。亦以绨袍喻故旧之情。绨：质厚重、平滑而有光泽的丝织品名。

无？谁曾饷[⑨]？　　愁万斛，东流漾。五噫句，春闲唱[⑩]。恨埋忧无地，中山须酿[⑪]。故态狂奴仍未减[⑫]，尊前甘蔗还堪杖[⑬]。笑邯郸、梦醒恰三人[⑭]，无殊状[⑮]。

---

⑨ 饷：通“享”。⑩ 五噫句：即“五噫歌”，东汉梁鸿作。诗五句，每句末皆有“噫”字，故名。后诗文中多用“五噫”作为告退的典故。春闲唱：春米时唱五噫歌”。⑪ 中山酿：即中山酒，又名千日酒。⑫ 故态狂奴：即“狂奴故态”。狂士的老脾气。⑬ 甘蔗还杖：汉刘向《杖铭》：“都蔗虽甘，殆不可杖。”三国曹子建《矫志诗》：“都蔗虽甘，杖之必折。”刘向的铭和曹子建的诗都是说，甘蔗虽然甘甜可口，但是却经不起外力的打击。但是作者在这里显然是反其意而用之。“还堪杖”三字，便是这种怨怒不屈的胸臆的具体体现。⑭ 邯郸梦：即黄粱一梦的故事。⑮ 无殊状：没什么异样。

（汪泰陵　蔡惠瑛）

蝶　恋　花[①]

旅月怀人

【题解】

这首词描写了主人公客居异乡的苦闷情怀。上片极写病中的主人公孤独寂寞的境遇和苦况。故人相别天涯，愁思难寄。这对病中的他乡异客来说，无疑平添了几分寥落和惆怅。下片更是以景衬情，仿佛蟋蟀的奏鸣、风吹芭蕉瑟瑟作响之声也都在与之为敌，以此来渲染更深人寂之后，抒发主人公长夜无依、忧戚难眠的悲哀。词作用入声韵，

---

① 选自《二乡亭词》。

出语凝重，更显出沉郁顿挫的风致，用以抒写愁肠百结的病中思乡之情。

月去疏帘才几尺。乌鹊惊飞[2]，一片伤心白。万里故人关塞隔，南楼谁弄梅花笛[3]？　　蟋蟀灯前欺病客。清影徘徊，欲睡何由得？墙角芭蕉风瑟瑟[4]，亏伊遮掩窗儿黑。

② 乌鹊惊飞：化用曹操《短歌行》“月明星稀，乌鹊南飞”句。③ 梅花笛：指《梅花落》笛曲。④ 瑟瑟：风声。

（汪泰陵　蔡惠瑛）

贺　新　郎[1]

登燕子矶阁望大江作

【题解】

这是一首登高吊古的优秀词作。词的上片通过对六朝兴亡的凭吊，表达了富贵如过眼烟云，转瞬即逝，只有青山长在，绿水长流的思想。下片极写长江的壮丽、雄奇、美好，从而寄托了作者对祖国大好河山的无比热爱之情。全词把写景、抒情、议论三者巧妙地结合在一起，在情与景的交融中，不时流露出作者深深的感慨。

绝壁衔飞阁，倚寒空、嶒嵘窈窕[2]，是谁雕琢。六代兴亡如逝

① 选自《二乡亭词》。② 嶒嵘：高峻不平貌。窈窕（yǎo tiǎo）：深邃貌。

水[3]，烟冷千寻铁索[4]。梦不到、乌衣帘箔[5]。结绮临春歌舞散[6]，大江流、尚绕青山郭。悲自语，檐边铎[7]。　　滔滔东下风涛作。俯层阑、鼋鼍出没[8]，雪山喷薄[9]。况是清秋明月夜，何处船楼吹角[10]。早惊起、南飞乌鹊[11]。估客船从巴蜀下[12]，看帆樯、半向青天落。吾欲醉，骑黄鹤[13]。

---

③ 六代：即六朝。逝水：指流逝的光阴。④ 千寻铁索：用大将王濬伐吴、火烧拦江铁索之典。⑤ 乌衣：即"乌衣巷"。帘箔：用竹子或芦苇编成的方帘。⑥ 结绮临春：陈后主的两个楼阁名。⑦ 檐边铎：悬于屋檐边上的风铃。⑧ 鼋鼍(yuán tuó)：鼋，大鳖。背青黄色。头有疙瘩，俗称癞头鼋。鼍，猪婆龙，或称杨子鳄。体长六尺至丈余，四足，背尾有鳞甲。⑨ 雪山：此喻浪花。⑩ 角：古乐器。⑪ 此句化用曹操《短歌行》"乌鹊南飞"句。⑫ 估客船：贩货行商的船。⑬ 骑黄鹤：用仙人王子安、费文祎乘黄鹤的传说，意谓欲乘鹤登仙，遨游天上，亦即苏轼《水调歌头》词"我欲乘风归去"意。

（汪泰陵　蔡惠瑛）

今释澹归(1614—1680)　即金堡,字道隐,浙江杭州人。明崇祯十三年(1640)进士。初授临清县知县,因事罢免。十六年(1643)被荐,未及起用而有"甲申"之变。杭州失守,金堡起兵山中,继入桂王永历政权为兵科给事中。敢直言,弹劾专权诸大吏,遭祸,受酷刑,谪戍金齿(云南永昌以远千余里),后改清浪卫(属贵州镇远县),移居桂林。清顺治七年(1605),桂林破,削发为僧,住广东韶州丹霞寺,初名性因,字澹归,以字行。有《偏行堂词》,清初刊刻,后遭禁毁。

贺　新　郎[①]

感旧次竹山兵后寓吴韵[②]

【题解】

澹归词基本上是明亡削发为僧后的作品。这首词是作者根据宋末词人蒋捷《贺新郎·兵后寓吴》词用韵的次序而写成的,词主要写他在明亡出家为僧后独往独来的生活及内心的苦痛。词中"剑生绣"、"霜满袖"的长叹,"陈年梦"以及"胸中堆阜"的描写,正是这种苦闷生活的写照。

古剑花生绣[③]。忆当初、仰天长叹,风尖石透[④]。几叠哀笳吹白露[⑤],化作清霜满袖。唤一緉、芒鞋同走[⑥]。入夜欲投何处宿?见半

① 选自《偏行堂词》。② 竹山:宋末词人蒋捷号,有《贺新郎·兵后寓吴》词。③ 剑花:本指剑光。此处泛指宝剑。绣:本指刺绣和绘画设色,五彩俱备。此喻剑生锈。④ 风尖石透:谓当初宝剑像风一样尖利,连石头也能穿透。⑤ 白露:谓秋天的露水。⑥ 緉(liǎng):双。

弯、月上三更后，则挂住，驼腰柳。　　隔溪渔网悬如旧。渡前村、叩门不应，狺狺多狗[7]。积得陈年零落梦[8]，搬出胸中堆阜[9]。要浇也不须杯酒。老大无人堪借问，照澄潭、吾舌犹存否[10]？窥白发，自摇手。

芒鞋：即草鞋。⑦ 狺（yín）狺：犬吠声。⑧ 零落梦：谓残缺不全的梦境。⑨ 堆阜：土丘，小山。谓胸中郁结的难平之气，有如小山一般。⑩ 澄潭：静而清澈的潭水。

（江泰陵　蔡惠瑛）

满　江　红[1]

大风泊黄巢矶下[2]

【题解】

作者由唐末农民起义领袖黄巢起兵反唐最后归于失败而自杀的史实，联想到自己起兵山中以后屡受谗毁、贬谪的不幸遭遇，表达了反清大业欲干不能、欲罢不忍的痛苦心情。特别是“铁衣著尽著僧衣”一句，更是“蓄志甚明”，别有喻意，表明了作者誓死不

---

① 选自《偏行堂词》。② 黄巢矶：以黄巢名字命名的水边大石。其址不详，一说在今南京附近。黄巢（？—884），唐山东曹州句人。乾符二年（875）聚众响应王仙芝起义。仙芝死，巢收集其众，被推为首，号冲天均平大将军。五年率兵南下，所战皆捷，众至数十万人，次年攻破广州。复北上，七月渡江，破洛阳入长安，建立大齐政权，年号金统。后因内部分裂，又屡被沙陀族李克用军击败，中和四年（884）退至山东泰安狼虎谷，被围自杀。

作新朝顺民的心志。

激浪输风，偏绝分、乘风破浪。滩声战、冰霜竞冷，雷霆失壮。鹿角狼头休地险③，龙蟠虎踞无天相④。问何人唤汝作黄巢，真还谤？　　雨欲退，云不放；海欲进，江不让。早堆垝一笑⑤，万机俱丧⑥。老去已忘行止计，病来莫算安危帐。是铁衣著尽著僧衣⑦，堪相傍。

---

③ 鹿角狼头：形容地势险峻。 ④ 龙蟠虎踞：形容地势雄壮险要。天相：天的辅助。相读去声。 ⑤ 堆垝(guì)：坍塌的沙堆、土堆。垝：毁坏、坍塌。 ⑥ 万机俱丧：指世间万事，一切皆空，不再放在心上。 ⑦ 铁衣：古代战士所服有铁片的战衣。

（汪泰陵　蔡惠瑛）

满　江　红①

赐岳飞手敕

【题解】

岳飞率岳家军大败金兵于郾城。为了表彰他对赵宋王朝的忠心，高宗赵构曾奖励他“精忠岳飞”绣旗一面。后与高宗、秦桧等投降派意见相左，秦桧乃一日降十二金字牌召飞还，后来又诬飞反，下狱，以“莫须有”的罪名将岳飞杀害。这首词是根据这段史实

---

① 选自《偏行堂词》。

写成的咏史词。词中对“有意回天”，而“天”却无意于此的感叹，以及“那得官家堪倚仗，从来信义无俦侣”的强烈不满，使得这首词笔力千钧，奇警深刻，道一般人所不能道。而字里行间又无不渗透着作者自身痛切的感受，以及借古讽今的思想。

有意回天②，到此际、天难作主。凭天去、补天何用③？射天还许④！那得官家堪倚仗⑤，从来信义无俦侣⑥。看绣旗当日刺“精忠”⑦，今投杼⑧。　　航海恨，君自取⑨；奉表辱，君自与⑩。使风波沉痛⑪，不须重举。遗庙尚能余俎豆⑫，故宫早已空禾黍⑬。是男儿死只可怜人，谁怜汝。

---

② 回天：封建社会以皇帝为天，凡能谏止皇帝某种行动者称回天。亦指挽回极难挽回的局势。 ③ 补天：女娲补天之事，典出《淮南子·览冥》。 ④ 射天：相传殷武己、纣王以及宋康王都曾用革囊盛血，悬而仰射，名为“射天”，以示威服鬼神。 ⑤ 官家：对皇帝的称呼。这里指宋高宗赵构。 ⑥ 俦(chóu)侣：伴侣。 ⑦ “看绣旗”句：岳飞于绍兴三年(1133)因镇压江西地区农民起义，高宗奖“精忠岳飞”锦旗一面。 ⑧ 投杼：曾参居费邑，有同姓名者杀人，人告参母曰：“曾参杀人!”母不信，织如故。至第三人来告，母惧，投杼踰墙而走。见《战国策·秦》二。杼，织具。比喻传闻可以动摇原来的信心。此句谓岳飞虽有高宗奖赐的“精忠岳飞”的锦旗，但诬陷岳飞谋反的传闻，却得到了认可。 ⑨ 航海恨：祥兴二年(1279)，元军攻破厓山(今广东新会南)，左丞相陆秀夫见形势危急，乃走卫宋主赵昺王舟。王舟大且诸舟环结，不得出航，于是负昺投海中，后宫及诸大臣多从死者。七日，浮尸出于海十余万人。宋遂亡。 ⑩ 奉表辱：绍兴十一年(1141)，宋金议和。南宋向金奉表称臣，以淮水中流画疆，宋割唐、邓二州与金，岁奉银二十五万两，绢二十五万匹。见《宋史·高宗六》。奉：恭敬地捧着，拿着。与：给予。 ⑪ 风波：即风波亭。宋大理寺狱风波亭，相传为岳飞遇害处。故址在旧按察使司狱署之右，土地庙前，即今浙江杭州市小车桥附近。 ⑫ 遗庙：指岳王庙，在今浙江杭州西湖西北的栖霞岭下。俎(zǔ)豆：置肉的几及盛干肉一类食物的器皿。均为古代祭祀、宴客用的礼器。后引申为祭品。 ⑬ 故宫：此谓赵宋王朝原来的皇宫。

（汪泰陵　蔡惠瑛）

沁　园　春[①]

题骷髅图[②]

【题解】

澹归的《沁园春·题骷髅图》词一共七首。组词用嬉笑诙谐的笔法，或对“禁舌凝眸”、万马齐喑的局面，或对生灵涂炭的残酷现实，或对骷髅逍遥的反常现象，或对骷髅化作美女的种种伎俩，都作了酣畅淋漓的描写。可以说，这是作者历尽人生悲辛后，内心感受的集中抒发。也是作者所生活的那个时代人鬼难分的现实的生动写照。这样的作品，在词史上是不多见的。

几个骷髅，被人敲磕[③]，着甚干忙[④]。见绮罗软美[⑤]，生来结构；鞭箠怨毒[⑥]，死去思量。蝼蚁为亲[⑦]，乌鸢作客[⑧]，朝露何由吊夕阳[⑨]。谁家事，却自行自说，还自承当。　　无端熟境难忘[⑩]，有一点灰生万点霜。任劈波鱼痛，明年昨日；穿空鸟痒，此土他方。旧恨非存，新欢莫续，地老难扶天又荒[⑪]。好听取，唱尸林一曲[⑫]，寸断柔肠。

---

① 选自《偏行堂词》。 ② 澹归《沁园春·题骷髅图》共七首，此是第二首。 ③ 敲磕(kē)：敲击。 ④ 着甚：犹言作甚。干忙：空忙，白忙。 ⑤ 软美：犹言柔媚、温和。 ⑥ 鞭箠(chuí)：鞭打。箠：马鞭。 ⑦ 蝼蚁：蝼蛄与蚂蚁。 ⑧ 乌鸢：鸷鸟名。俗称“老鹰”。 ⑨“朝露”句：谓朝露被阳光一照就消失了，哪里还想去凭吊夕阳呢？ ⑩ 无端：犹云没来由或无理由。 ⑪ 地老天荒：比喻时间久远。 ⑫ 尸林：即尸陀林。佛家指西域弃尸之地。唐玄应《一切经音义》十八《立世阿毗(pí)昙论》一《尸陀林》：“正言尸多婆那，此云寒林。其林深邃而且寒，因以名也。在王舍城侧，死人多送其中。今总指弃尸之处名尸陀林者，取彼名。”

徐石麒(1615—1674后)　字又陵，号坦庵，本籍浙江鄞县，自明季即流寓扬州江都。博学多才，善画，尤工花卉；精制曲，每成必高声吟哦。一生著作数十种，达二百余卷，惜大都已散佚。有《坦庵诗余》三卷。

鹧　鸪　天①

寄　书

【题解】

这是一首寓有深意，别有托讽的词作。词中假借妻子向丈夫寄书信这种生活中平凡小事，曲折地表达了因改朝换代而带来的家国之痛。全词风格舒缓，平淡，似无高潮可言。结句“不似当年堕马妆”却如异峰突起，冷峻峭拔，以不再是旧时妆（汉家妆式）为画龙点睛之笔，足见作者构思高妙，驾驭语言的功力亦深。

坐拂云笺宝翰香②，镜台弹指熟思量③。草书珍重频千万，花字连环押一双④。　书释手⑤，泪盈眶，殷勤小语寄书郎。薄情莫问闲梳洗，不似当年堕马妆⑥。

---

① 选自《坦庵诗余》。② 云笺：上面绘有彩饰的信笺。翰：毛笔。古人用羽毛为笔，故以翰代称。③ 弹指：一弹指的省略语，极言时间之短暂。④ “花字句”：旧时文书、契约末尾的署名签字，用草书签名形体花俏者，叫“花押”，亦称“花字”、“花书”。⑤ 释：放开。⑥ 堕马妆：古代妇女发髻名，一说：发髻松垂，像要坠落的样子，也叫堕马髻。

（汪泰陵　蔡惠瑛）

踏　莎　行[1]

龙潭道中[2]

【题解】

这是一首写景的词。用笔婉曲，以浅语写深情，并直抒讽意，充分呈现徐石麒词特有的风格。上片写孤村的景色。结末霜月冷辉、落叶飞舞、砧杵声断的描写，点染尽战后荒村冷落寂寥的氛围。

雁影掠时，山痕断处。白云一段迷红树。马蹄谙尽坂头霜[3]，沿蹊觅向孤村驻。　　浊酒新篘，寒烟未煮。一杯持共西风语。满山落叶作秋声，一天凉月无砧杵。

---

① 选自《坦庵诗余》。② 龙潭：地名，濒临长江，在南京镇江之间。③ 坂：山坡，斜坡。

（汪泰陵　蔡惠瑛）

临　江　仙[①]

次陈简斋韵[②]

【题解】

这是一首和韵之作。与前面一首《踏莎行》一样，也是反映劫后凄清心情的作品。上片主要写景，“正是看花花好处，重来落尽残英”的鲜明对比，使离乱景况毕现于纸上。下片主要是写自身的感受。在淡淡的色彩的描绘里，饱含着一种深沉的酸辛。

正是看花花好处，重来落尽残英[③]。一樽聊与听波声[④]。半江秋雨歇，十里晚霞明。　　往事在心徒记省[⑤]，浑如好梦初惊[⑥]。鹁鸪犹说旧阴晴[⑦]。酒清人去后[⑧]，山寂夜无更。

---

① 选自《坦庵诗余》。 ② 简斋：南宋词人陈与义号。 ③ 残英：谓落花。 ④ 聊与：姑且。 ⑤ 徒：独。记省：默记，反省。 ⑥ 浑如：还如。 ⑦ 鹁鸪：鸟名。即鹁鸠。将雨时其鸣声急，晴则缓之，故俗呼为水鹁鸪。 ⑧ 酒清：犹言酒饮完了。清：尽，一点不留。

（汪泰陵　蔡惠瑛）

龚鼎孳(1615—1673)　字孝升，号芝麓，江南合肥(今安徽合肥)人。明崇祯七年(1634)进士，授兵科给事中。入清，以原官起用。康熙间官至礼部尚书，卒谥端毅。有《香严词》，又名《定山堂诗余》。

点　绛　唇[①]

咏草追和林和靖[②]

【题解】

此词步宋词人林逋词而作。上片写景，以自然鲜艳的形象、浅近明畅的语言，写出了春草葱茏的景象。下片抒情。面对春的离去，作者用拟人的手法，借“柔肠无数”的春草，表现沉挚深婉的情思。全词虽然句句咏春草，但通篇不着一“草”字。风格清新而婉丽，堪称“声情绵邈”之作。

帘外河桥，绿围裙带无人主。绣鞯行处[③]，踏碎梨花雨。目送春山，南陌烟光暮[④]。牵春去，柔肠无数[⑤]，苏小门前路[⑥]。

---

① 选自《香严词》。② 林和靖：即宋诗人林逋(bū)。③ 绣鞯(jiān)：绣有装饰图案的马鞍坐垫。④ 南陌：南面的道路。⑤ 柔肠：柔软的心肠。多指女性缠绵的情意。⑥ 苏小：南齐钱塘名歌妓。

（汪泰陵　蔡惠瑛）

小 重 山[1]

重至金陵

【题解】

这是一首怀古之作。历史上金陵曾经是六朝的故都。由于这六朝几乎都是短命王朝,其兴亡相续的过程,又包含着若干教训,故“金陵怀古”便成了咏史诗词的一个专题。特别是在国运衰微或江山易代之时,诗人、词人总爱用此题来寄托思想感情。所以“金陵怀古”几乎成了咏史诗词中一个历久不衰的题材。这首词通过“花落后庭”、“蒋陵烟树、“乌衣燕”等等别有深意的景物描写,抒发了江山依旧而富贵不久长的感慨。

长板桥头碧浪柔。几年江表梦[2],恰同游。双兰又放小帘钩。流莺熟[3],嗔唤一低头。　　花落后庭秋[4]。蒋陵烟树下[5],有人愁。玉箫凭倚剩风流。乌衣燕,飞入旧红楼[6]。

---

① 选自《香严词》。② 江表:指长江以南地区。从中原看,地在长江之外,故称“江表”。③ 流莺:莺鸟。流,谓其鸣声圆转。④ 花落后庭:指陈后主叔宝所制《玉树后庭花》曲,后人视为亡国之音。⑤ 蒋陵:蒋山,即南京钟山明太祖朱元璋孝陵所在地。⑥“乌衣燕”两句:化用唐刘禹锡《乌衣巷》诗意。

（汪泰陵　蔡惠瑛）

菩　萨　蛮[1]

【题解】

赏花这样的乐事，由于人生境遇不同，也会产生不同的感受。作为身仕二朝的龚鼎孳，见风打残花，自然会产生同病相怜之感。人生将暮、旦夕祸福、重重忧虑，皆凝在惜花怜花之中。名为惜花，实是怜己，读后给人以凄怆之感。

西郊海棠已放，风复大作，对花怅然。

爱花岁岁看花蚤[2]，今年花较去年花[3]。生怕近帘钩，红颜人白头[4]。　　那禁风似箭，更打残花片。莫便踏花归，留他缓缓飞。

---

① 选自《香严词》。② 蚤：通“早”。③ 老：历时长久。这里对“蚤”而言，有迟、晚意。④ 红颜：喻指少年。白头：人老发白，故称老人为白头。

（汪泰陵　蔡惠瑛）

贺 新 凉①

和曹实庵舍人赠柳叟敬亭②

【题解】

这是一首题赠说书艺人柳敬亭的词作，也是一首寄慨遥深之作。上片写柳敬亭留给作者的印象以及作者对这位“开元叟”的敬重。下片写明、清易代、复明无望之后，柳敬亭为明王朝痛哭流涕、借酒浇愁的情景。结末“问毬场，马弰还能否”两句，使人有“烈士暮年，壮心不已”之感。

鹤发开元叟③。也来看、荆高市上，卖浆屠狗④。万里风霜吹短褐⑤，游戏侯门趋走⑥。卿与我、周旋良久。绿鬓旧颜今改尽⑦，叹婆娑、人似桓公柳⑧。空击碎，唾壶口⑨。　　江东折戟沉沙后⑩。过青溪、笛床烟月⑪，泪珠盈斗。老矣耐烦如许事，且坐旗亭呼酒⑫。

---

① 选自《香严词》。 ② 实庵：曹贞吉，号实庵，清代诗人。 ③ 鹤发：喻老人白发。开元叟：前朝遗老之代称。开元本为唐玄宗年号，此处借以指称柳敬亭。 ④ 荆高：指战国时刺客荆轲、高渐离。卖浆屠狗：据《史记·刺客列传》：“荆轲既至燕，爱燕之狗屠及善击筑者高渐离。荆轲嗜酒，日与狗屠及高渐离饮于燕市，酒酣以往，高渐离击筑，荆轲和而歌于市中，相乐也。已而相泣，旁若无人者。” ⑤ 短褐(hè)：古时平民百姓所穿的粗布之衣。 ⑥ 柳敬亭在明末入左良玉幕府，周旋于复社中人及士大夫之间。 ⑦ 绿鬓：乌亮的头发。 ⑧ 婆娑：茂盛貌。桓公柳：用桓温叹柳之典。 ⑨ 用王敦击壶而歌之典。 ⑩ “江东”句：谓江东经过折戟沉沙的明、清易代的战乱之后。唐杜牧《赤壁》诗：“折戟沉沙铁未销，自将磨洗认前朝。” ⑪ 青溪：古水名，发源于江苏南京市钟山西南，入秦淮，逶迤九曲。三国吴孙权凿东渠通北堑，以泄玄武湖水，名曰青溪，今已湮没。笛床：指铺有笛簟的床。 ⑫ 旗亭：酒楼。

判残腊、销磨红友[13]。花压城南韦杜曲[14]，问毬场、马弰还能否[15]？斜日外，一回首。

⑬ 判：不顾惜，犹“拼”。残腊：腊月的尽头，犹残冬。红友：薄酒的别称。古人酒以红为恶，白为美，酒红则浊，白则清，故称薄酒为红友。 ⑭ 韦杜曲：地名，在今陕西长安县。唐时为大姓韦氏、杜氏聚居之处。以地近宫阙，又世为贵官，故当时语曰：“城南韦杜，去天尺五。”韦、杜两家各名其乡谓之韦曲杜曲。 ⑮ 弰（shāo）：弓的末端曰弰。

（汪泰陵　蔡惠瑛）

贺　新　郎[1]

【题解】

青藜是曾灿的字，江西宁都人。明亡，与其父共奔唐王政权，率军抗清。其时曾青藜年仅二十。唐王死，其父亦死，改僧服行游，卜筑苏州玄墓山二十余年，与各地的抗清势力多所联系。晚岁以笔舌糊口四方，以至于颓唐潦倒。这首词，一为送行，一是借此倾吐内心的郁闷。龚鼎孳虽然降清，然而在感情上却愿意和那些前朝故旧亲近，在和他们的交往中又流露出自己的心曲及隐衷。词中的“随旅燕、栖巢如茧”这个比喻，就形象地把内心的苦闷和忧愁都表现了出来，确是最能体现作者特定心态的“词眼”。另外“老子逢场”到“遇欢展”，以及“花月外，舌须剪”等句，也可以看出作者晚年的生活态度及人生哲学。全词郁勃深沉，词味隽永，是最能代表作者晚年词风之作。

① 选自《香严词》。

青藜将南行，招同檗子等集雪客秋水轩，即席和顾庵韵[2]。

帘飏微飔卷[3]。正新秋、一泓秋水[4]，一宵排遣[5]。客舍高城砧杵急，清泪征衫休泫[6]。随旅燕、栖巢如茧。老子逢场游戏久，兴婆娑、肯较南楼浅[7]？眉总斗，遇欢展。　　西山半角藏还显[8]。记春星，扪萝孤照[9]，“来青”残扁[10]。早雁渐回沙柳路，催起臂鹰牵犬。虾菜梦、年年难免[11]。且饮醇醪公瑾坐[12]，问风流、军

---

② 檗(bò)子：纪映钟字。雪客：周在浚字。秋水轩：秋水轩是由明入清的吏部左侍郎、左都御史孙承泽的别墅，其间清流潆洄、景色宜人。孙承泽因与当时名流周亮工交善，故周在浚居北京时，孙便借秋水轩为其下榻之所。一时名公贤士无日不来，相与饮酒啸咏为乐。于是，一场社集性质的群体酬唱活动、被誉为词场一时之盛的“秋水轩倡和”，便在康熙十年(1671)秋发生了。该倡和由词人曹尔堪首唱开题，“江左三大家”之一的龚鼎孳响应并大力推波助澜，经周在浚主持其事，并广泛征集，辑录成《秋水轩倡和词》，共收二十六家，近一百八十首词。 ③ 飏(yáng)：扬举。 ④ 泓：水清澈貌。 ⑤ 排遣：排除、消散。 ⑥ 泫：流泪。 ⑦ 兴婆娑：因兴致高而盘桓忘返。婆娑：盘旋，停留。南楼：古楼名。亦称玩月楼。在湖北鄂城县南。晋殷浩、王胡之等夜登南楼谈咏，俄而太尉庾亮率左右十数人步来。殷王等欲走避，庾徐云：“诸君少住，老子于此处，兴复不浅。”因据胡床，与诸人咏谑。后遂为游兴正浓的典故。 ⑧ 西山：北京西郊名胜。因秋水轩在北京西南隅，故开轩而眺，西山郁苍直入窗户。 ⑨ 春星：谓春夜之星宿。扪萝：抚萝。萝：地衣类的草本植物。 ⑩ “来青”残扁：留存前明帝王御书“来青”字样的残破扁额。 ⑪ 虾菜：即鲑菜。鲑虾音近，晋人总称鱼类菜肴为鲑菜，故亦称虾菜。杜甫《赠韦七赞善》诗：“虾菜忘归范蠡船。”此句意谓：年年总难免要做效法范蠡，泛舟五湖的梦。 ⑫ 且饮醇醪(chún láo)公瑾坐：《三国志·吴·周瑜传》：“瑜惟与程普不睦。”《注》引《江表传》：“普颇与年长，数陵侮瑜。瑜折节容下，终不与校。普后自敬服而亲重之，乃告人曰：‘与周公瑾交，若饮醇醪，不觉自醉。’”醇醪：味厚的美酒。公瑾，周瑜字。

阵今谁典⑬？花月外，舌须剪。

⑬ 军阵：谓军伍行列。舌须剪：犹言沉默勿开口。

（汪泰陵　蔡惠瑛）

贺新郎①

【题解】

作者的侧室顾眉和冒襄（字辟疆）的侧室董小宛都是秦淮名妓，即所谓的“秦淮八艳”中人。明末清初之际，一批有名望的文人学士和秦淮名妓间的交往，大都带有浓重的政治色彩，故以此为题材的文学作品，大抵皆系“借离合之情，写兴亡之感”。所以，这一类作品决不能与常见的男女相悦相爱为题材的作品同日而语。作者于康熙十年（1671）写这首词时，顾眉已逝去七年了。词中的“束素亭亭人宛在，红雨一巾重泫”、“轻绡腕弱，睡鬟云扁”等句，显然就是对这位人称“横波夫人”的顾眉的深深怀念。而这种怀念，又自然引出了明清易代之际的许多兴亡之感，以及他名节既亏的降清行为，所以“理不出，乱愁成茧”两句，就是作者别有深意而又痛彻骨髓的心声的反映。这首词结尾的“羡烟霄、破镜犹堪典”一句，也特别值得玩味。在作者心目中，天上的“破镜”尚可一典，而他此生的“破镜”可能永远没有“堪典”的时候了。

《影梅庵忆语》久置案头②，不省谁何持去。辟疆再为寄示③，开卷泫

① 选自《香严词》。②《影梅庵忆语》：冒襄所著忆念董小宛的笔记。③ 辟疆：冒襄

然[4]，怀人感旧，同病之情略见乎词矣[5]。

雁字横秋卷[6]。乍凭阑、玉梅影到，同心遥遣。束素亭亭人宛在[7]，红雨一巾重泫[8]。理不出、乱愁成茧。骑省十年蓬鬓改[9]，叹香薰、遗挂痕犹浅[10]。肠断谱，对花展。　帐中约略芳魂显。记当时、轻绡腕弱，睡鬟云扁。碧海青天何限事，难倩附书黄犬[11]。藉棋日、酒年宽免[12]。搔首凉宵风露下，羡烟霄、破镜犹堪典[13]。双凤带[14]，再生剪。

(1611—1693)字，号巢民，又号朴巢，江苏如皋人，少有文名，与方以智、陈贞慧、侯方域并称四公子。明亡，隐居不仕。有《水绘园诗文集》、《朴巢诗文集》等传世。 ④ 泫然：泪流貌。⑤ 龚氏与冒氏父子均为至交，冒襄的侧室董小宛与龚鼎孳妾顾眉，又同为“秦淮八艳”中的姐妹，故曰“同病之情”。 ⑥ 横秋：充塞秋空。 ⑦ 束素：形容女子腰细犹束帛。亭亭：同“婷婷”，美好貌。 ⑧ 红雨：喻落花。 ⑨ 骑省：宋以前，散骑常侍这一官职因隶属中书省，故在习惯上以骑省称之。明洪武十三年废除主掌朝政的中书省，以吏、礼、户、工、刑、兵六部尚书分掌政务。龚氏入清以后，官至礼部尚书，故以“骑省”自称。蓬鬓：言鬓发蓬乱。⑩ 遗挂：指死者遗留下来的衣服等物。 ⑪ 倩：借助。附书黄犬：黄犬，即黄耳犬，晋陆机所喂爱犬名。机仕洛，久无家书，因语犬曰：“我家绝无书信，汝能赍书驰取消息不？犬摇尾作声应之。机试为书，盛以竹筒，系犬颈。犬走向吴，遂至其家，得报还洛。 ⑫ 此句化用杜甫“且将棋度日，应用酒为年”诗句。藉：借。 ⑬ 破镜：用南朝徐德言夫妇破镜重圆典。⑭ 双凤：一对凤凰。比喻夫妇间相亲相爱。

（汪泰陵　蔡惠瑛）

曹尔堪(1617—1679)　字子顾,号顾庵。浙江嘉善人。清顺治九年(1652)进士,历官翰林院编修,升侍讲学士。中遭牵累下狱。事白,罢归,优游田园以卒。工诗,为“海内八家”之一。著《南溪词》,与山东曹贞吉并称“南北二曹”。

捣练子①

乙亥冬暮晓行②

【题解】

曹尔堪早期词,风格以“清”为主,工于写景状物。他不喜用浓墨重彩,往往淡处着笔,得传神绘影之妙,此词即为一例。词虽短,却能紧扣冬暮清晨特点,通过对冰封的河面“流水无声波不起”的渲染,把“冷烟微月写轻霞”的诗情画意全都勾勒了出来。另外,作者也很注意在遣词造句上下功夫,特别是动词的运用,尤为成功。如“冰咬霜痕”的“咬”字,“冷烟微月写轻霞”的“写”字,都非常形象传神。

风欲静,冻交加,冰咬霜痕阁岸斜。流水无声波不起,冷烟微月写轻霞。

---

① 选自《南溪词》。② 乙亥:指明崇祯八年(1635),作者时年十九岁。

(汪泰陵　蔡惠瑛)

鹧鸪天[①]

野塘即事

【题解】

清初战事不断，给老百姓带来极大灾难。一些知识分子对此颇有看法，然而，由于文网森严，于是只好诉诸文学作品，用曲折的笔调含蓄地表达他们对战争的不满以及对和平、宁静生活的渴望。这首词就表达了这种思想。全词情景交融，情由景生，给人以一种清旷之美。

蟹舍鸡栖共一椽，千竿修竹弄晴烟。鸟声都在征鼙外[②]，兵气犹缠大角边[③]。　书案净，杂花妍[④]，种鱼栽藕野塘偏。木香吹雪人闲坐[⑤]，读罢庄生骈拇篇[⑥]。

---

① 选自《南溪词》。 ② 征鼙(pí)：远处的军鼓之声。 ③ 兵气：唐卢照邻诗："兵气晓成虹。"大角：星名，北方的亮星，即牧夫座第一星。 ④ 妍(yán)：美好。 ⑤ 木香：即酴醿(tú mí)，落叶灌木，春末夏初开花。花白色，重瓣，不结实。因木香开白花，故云"木香吹雪"。 ⑥ 庄生骈拇篇：《庄子·骈拇》："骈拇枝指……"唐成玄英《疏》："骈，合也，大也，谓足大拇趾与第二趾相连合为一趾也。枝指者，谓手大拇指傍枝生一指，成六指也。"后因以"骈拇枝指"喻多余无用之物。"读罢庄生骈拇篇"正是坐实了上文所提到的"闲"字。

（汪泰陵　蔡惠瑛）

满　江　红[①]

湖上书怀再柬西樵考功、阮亭祠部[②]

【题解】

曹尔堪和宋琬、王士禄一样，都曾因事入狱。事白出狱后，他们重新聚会，写了不少唱和之作来记述这些往事。这首《满江红》词即为其中之一首。上片写出狱后老友重逢，饮酒啸咏，谈诗论文的种种情况。下片写因事下狱反而激起作者渴望去五岳远游以及对隐士生活的向往。结尾的“奈此君、不惠不夷间，难于状”几句，是作者对自己幸免于难，回顾当日“踏险”情景还心有余悸的体现，并表明了今后应有的处世哲学。语势平和，不露锋芒，正是作者这种心态的反映。

飞絮漫天，平堤外、乱萍初涨。人似燕、重来湖海，画梁无恙。风雅竞推东阁妙，文章每说西京上[③]。细论诗、若个过墙头[④]，松醪饷[⑤]。　　曾踏险[⑥]，瞿唐漾。才会意，沧浪唱。但银瓶索饮[⑦]，酴醾佳酿。五岳未周名士屐[⑧]，百钱常挂山人杖[⑨]。奈此君、不惠不夷

① 选自《南溪词》。 ② 西樵：王士禄号西樵山人。考功：官名，古官制，吏部下设考功司，掌官吏考课黜陟(chì zhì)之事。王士禄因累官至吏部员外郎，充河南乡试正考官，故以考功相称。阮亭，王士禄弟王士祯号。祠部：官名。三国魏有祠部尚书，掌礼制。北周改为礼部。王士祯时官礼部主事，故称。 ③ 东阁：典出《汉书·公孙弘传》：“时上方兴功业，屡举贤良。弘……数年至宰相封侯，于是起客馆，开东阁以延贤人，与参谋议。”因以称宰相款待宾客之所为东阁，后亦泛指文人宴集之地。西京：汉都长安。亦泛指京城。 ④ 若个：何人，那个。 ⑤ 松醪：用松膏酿制的浊酒。 ⑥ 踏险：指因事下狱这件事。 ⑦ 银瓶：此谓银制的酒器。 ⑧ 周：遍。 ⑨ 山人：山居者，多指隐士。

间[10]，难于状。

⑩ 不惠不夷：谓折中而不偏激。惠：春秋时柳下惠，相传三次罢官，不肯离开。夷：即殷末的伯夷，始终不愿当周朝的官。多作“不夷不惠。”

（汪泰陵　蔡惠瑛）

贺新郎[1]

雪客秋水轩晓坐，柬檗子、青藜、湘草、古直[2]

【题解】

这是清初影响最大的三次唱和之一的“秋水轩唱和”词中的一首。作者是这次活动的发起者和主要参与者，其时，作者正值案情“事白”之际，拟南归故乡。因此，他内心的诸多感慨和不平，在词中随处可见。“郁蒸三伏、剧难消遣”正是这种心情的形象写照。正因为当年“名根”这一“膏肓深病”作祟，才使得他自己差点成了“庙牺”——祭台上的牺牲品。语极沉痛，显然是作者痛定思痛后的精心之作。

淡墨云舒卷。旅怀孤、郁蒸三伏，剧难消遣[3]。秋水轩前看暴涨，晓露着花犹泫。贪美睡、红蚕藏茧[4]。道是分明湖上景，苇烟

① 选自《南溪词》。 ② 湘草：杜首昌字。 ③“旅怀”两句：言忧愁在心如同三伏天被蒸烤一样难受，始终不能消解。 ④ 红蚕：蚕老吐丝，其体透红，故称红蚕。这两句是作者言其案情事白，而年岁渐老，权作放闲高卧，犹似红蚕藏茧美睡的情状。

青、又似耶溪浅⑤。留度暑、簟纹展。　　萧闲不羡人通显⑥。笑名根、膏肓深病，术穷淳扁⑦。衮衮庙牺谁识破⑧？回忆东门黄犬⑨。沧海澜、吾其知免。埋照刘伶扬酒德⑩，倒松醪、好把春衣典⑪。词赋客，烛频剪。

---

⑤ 两句谓：权把眼前的秋水轩当成家乡浙江的西子湖和若耶溪。湖：西湖。耶溪：若耶溪。在浙江绍兴若耶山下，传说中的西施浣纱处。 ⑥ 萧闲：清幽闲散。通显：谓官位高，名声大。 ⑦ 名根：功名利禄的思想。膏肓：古代医学称心脏以下为膏，隔膜为肓。后谓病情严重不可医治为膏肓之疾。这里指名利思想之严重，犹如病入膏肓一般。术穷淳扁：意为计穷。战国时淳于髡博学多计，扁鹊则为神医。此处借以喻"术穷"程度。 ⑧ 衮(gǔn)衮：相继不绝。庙牺：古时宗庙祭祀用的纯色牲畜。全句意为：差点成了相继不绝的"庙牺"。 ⑨ 东门黄犬：秦丞相李斯，因赵高诬以谋反而腰斩，临刑谓其中子曰："吾欲与若复牵黄犬俱出上蔡东门逐狡兔，岂可得乎？"后因以东门黄犬指作官遭祸，抽身悔迟。 ⑩ 刘伶纵酒放达，乘鹿车，携一壶酒，使人荷锸相随，说："死便埋我。"作《酒德颂》，自称"惟酒是务，焉知其余"。后常以刘伶为蔑视礼法、纵情饮酒、逃避现实的典故。 ⑪ 典：典当，抵押。

（汪泰陵　蔡惠瑛）

贺　新　郎①

南归留别

【题解】

有人认为，"唱和"之作都是作者兴来时的游戏笔墨，无多大价值可言。事实并不全

---

① 选自《南溪词》。

是这样。曹尔堪在“秋水轩唱和”中所写下的七首“剪”字韵词，不仅思想性强，而且艺术成就高，代表着曹氏词创作中的最高成就，决非游戏之作可相提并论。这首词上片写百姓生活的艰难。“杼轴空时民力尽，寡妇秋原泪泫”两句，正是这种生活的高度概括。下片表明南归后决意告别仕途，铲除“名根”，去做一个“悬壶村巷”的“牛医”或“授生徒”的教书先生。这种决心与仕途诀别，拟自食其力的想法，表述着一种沉慨的心绪。

鱼直篷偏卷。但传闻、锋车绣斧②，重臣分遣③。杼轴空时民力尽④，寡妇秋原泪泫。何处贡、八蚕成茧⑤。薄薄酒香聊送日⑥，福难消、莫怪杯中浅⑦。山远近，翠屏展。　诸公台阁文章显⑧。自归来、悬壶村巷⑨，牛医非扁⑩。检点行囊存犊鼻⑪，游倦相如字犬⑫。谅渴病、今生可免⑬。白木柄边书簏敝⑭，授生徒、饭罢翻经典。畦畔韭，雨中剪。

---

② 锋车：即追锋车。古代一种轻便快速的驿车，利于戎阵之间，故以追锋为名。绣斧：谓著绣衣、执斧杖的使者。 ③ 重臣：身居重要职位的大臣。 ④ 杼轴：本指织布机上的两个部件。杼，即“梭”，司纬线；轴，滚筒，即卷织物之轴，也用以泛指纺织。 ⑤ 贡：进献方物于朝廷。八蚕成茧：指一年之内育蚕成熟结茧八次。 ⑥ 聊：姑且。 ⑦ 杯中：即杯中物，指酒。 ⑧ 台阁：本指尚书，为六部之长，系封建社会的高级官吏，故有步步高升之意。“台阁文章显”谓官运亨通、文章诗词显达。此句是作者决心与仕途诀别时对故旧好友的良好祝愿。 ⑨ 悬壶：《后汉书・费长房传》：“市中有老翁卖药，悬一壶于肆头。”后因称行医卖药为悬壶。 ⑩ 牛医非扁：谓牛医当然称不上也不必自诩如扁鹊。 ⑪ 行囊：外出旅行时装物品的口袋。犊鼻：即犊鼻裈。古人穿的短裤，或谓围裙。《史记・司马相如传》：相如“尽卖其车骑，买一酒舍酤酒，而令文君当炉。相如身自著犊鼻裈，与保庸杂作，涤器于市中。” ⑫ 游倦：指仕宦不如意而思归隐。亦作倦游。相如字犬：相如，即司马相如，其小字犬子。 ⑬ 渴病：病名，即消渴病。近人据古书所传消渴病候，谓即糖尿病。《史记・司马相如传》：“相如口吃而善著书，常有消渴疾。” ⑭ 白木柄：本指农具的把，此代指农具。书簏(lù)：藏书用的木箱子。敝：坏，破旧。

（汪泰陵　蔡惠瑛）

尤侗(1618—1704)　字同人,一字展成,号悔庵,一号艮(gèn)斋,又号西堂老人。江苏长洲(今苏州)人。弱冠补诸生,清顺治五年(1648)以乡贡授直隶永平府推官,吏治精敏。康熙十八年(1679)试中博学鸿儒科,授翰林院检讨,官至侍讲。曾修《明史》三年,告归。有《百末词》六卷。

菩萨蛮①(八首选二)

丁巳九月病中有感②

【题解】

“六宫闹扫芙蓉镜”一首表面看来是写殿脚女不幸命运的作品,其实是作者借殿脚女的不幸遭遇来寄托不平的身世之感。“皇恩浩荡”是封建社会中经常听到的一句话,然而真正享受皇恩的又有几人?不管是官吏还是平民,绝大多数只能发出“昭阳天几重”的浩叹罢了。

“关山戎马惊鼙鼓”一首是以战争为题材的作品。战争给人民带来痛苦,自古皆然。这首词再次表达了这样的主题思想。词的上片“军书百道征徭苦”和“荒田寸草无”的强烈对比,以及下片“千家闻夜哭”等描写,都深刻揭示了战争的残酷和给人民带来的灾难,同时也表达了作者对无辜受害的百姓的深深的同情。

---

① 选自《百末词》。 ② 丁巳:指公元1677年,即清康熙十六年。

六宫闹扫芙蓉镜③，君王偶爱飞蓬鬓④。殿脚惜空同⑤，昭阳天几重。　江南春雨晚，红豆新歌满。流落杜秋娘⑥，琵琶忆上皇⑦。

关山戎马惊鼙鼓，军书百道征徭苦。风急雁哀呼，荒田寸草无。
千家闻夜哭，鬼火逃亡屋⑧。叹息返柴庐⑨，当门立吏胥⑩。

---

③ 六宫：相传古代天子有六宫。后泛称皇后妃嫔居住的地方。闹扫：唐时宫中髻式名，因其形如炎风乱鬊（shùn），故名。芙蓉镜：以芙蓉作饰的镜子。 ④ 飞蓬鬓：一种散乱如蓬草的发形。 ⑤ 殿脚：即殿脚女。隋炀帝杨广乘龙舟游江都，强征吴越民女十五六岁者五百人，为之牵挽，名曰殿脚女。此处借指那些一生一世都没有能和帝王亲近过的宫女。空同：作者自注："（隋）炀帝呼吴绛仙为崆峒夫人，言空同也。"空同即谓空无所有。 ⑥ 杜秋娘：唐金陵女子，善歌《金缕衣曲》。初为镇海节度使李绮妾。绮叛唐被杀，杜秋没籍入宫，为宪宗所宠。穆宗立，为皇子漳王保姆。皇子废，归金陵，穷老以终。此处借指曾经在宫中呆过的宫女。 ⑦ 上皇："太上皇"。 ⑧ 鬼火：墓地等处在夜色中出现的青色磷光，俗称鬼火。全句意为：鬼火在躲避逃亡征徭者的屋子里明灭。 ⑨ 柴庐：贫苦人家居住的简陋住房。⑩ 吏胥：地方官府中职位低微的小官。

（汪泰陵　蔡惠瑛）

行　香　子[1]

【题解】

尤侗的词作，时人称为才子词。作为才子词，流丽圆转，天然工妙，不见斧凿之痕，是其一大特点，这首《行香子》词即其一例。词的上、下片末各有三叠三字句，其难处在于不容易工稳、妥帖，且又要和上面紧相承接，意脉不断。尤氏在这首词中处理得极好，仔细玩味这两个三叠句，确实能给人以“天然绮艳，粉黛生妍”之感。

紫陌金车[2]，绿蒲兰槎[3]，共追寻、大地芳华。看三分春色，分与谁家？有一分山，一分水，一分花。　　雨打檐牙，月落窗纱，恨韶光、转盼天涯，小庭寂寞，底事争哗。是一声莺，一声燕，一声鸦。

---

① 选自《百末词》。② 紫陌：指帝都郊野的道路。金车：饰金之车，言其华贵。③ 蒲：草名，香蒲，可供食用。兰槎：用木兰木做成的筏子。

（汪泰陵　蔡惠瑛）

满　江　红①

思　隐

【题解】

在我国长期的封建社会中，许多官吏往往因宦海茫茫、荆棘丛生而生发急流勇退之想。尤侗这首《满江红》词即表现了这种心绪。上片写退隐后对茅舍以及周围环境的考虑、安排；下片写退隐后悠闲自得、无拘无束的生活，结末"但囊中、尚乏买山钱，从天借"两句，诙谐风趣，更增添了词的感染力。

寄语青山，为我筑、数椽茅舍②。更计较、凿斯池也③，衡门之下④。屋后十弓放笋竹⑤，墙边五亩栽桑柘⑥。还留些、隙地种梅花⑦，依台榭⑧。　　北海钓，南山射。东墅弈，西园画⑨。有邻翁来住，鸡豚春社⑩。笑问老妻能去否，蒿簪藜杖归休罢⑪。但囊中、尚乏买山钱⑫，从天借。

---

① 选自《百末词》。 ② 椽(chuán)：指房屋间数。 ③ 计较：计算。斯：指示代词"这"。 ④ 衡门：横木为门，喻简陋的房屋，后借指隐居者所居。 ⑤ 弓：古代丈量地亩的工具和计算单位。五尺为一弓，三百六十弓为一里，二百四十方弓为一亩。 ⑥ 柘(zhè)木：桑属，叶可饲蚕。 ⑦ 隙地：空地。 ⑧ 台榭：积土高起者为台，台上所盖之屋为榭。 ⑨ 弈：下棋。北海、南山、东墅、西园：皆为虚指，并非实有其地。 ⑩ 鸡豚春社：以鸡和猪为祭品，祭祀土地、祈祷丰收的春日祭名。一般多于立春后第五个戊日举行。 ⑪ 蒿簪(zān)：用蓬蒿作插定发髻的簪子，意谓安于贫寒。 ⑫ 买山：典出《世说新语·排调》："支道林因人就深公买印山。深公答曰：'未闻巢由买山而隐。'"后以买山指归隐。

（汪泰陵　蔡惠瑛）

徐灿(生卒年不详)　字湘苹,号深明,江南吴县(今江苏吴县)人。海宁陈之遴妻。陈之遴为明崇祯进士,入清后官至尚书,授弘文院大学士。顺治十五年(1658),因事获罪,免死流徙,举家遣戍盛京(今辽宁省沈阳)。后陈之遴死于徙所,徐灿孤苦一人,流落异乡,直至康熙十七年(1671),才获准奉丈夫遗骨返乡。徐灿是清初著名才女,能文善诗,精书擅画,尤擅长短句。著有《拙政园诗余》三卷。

踏　莎　行①

初　春

【题解】

这首伤春感怀词,当为入清后所作。在孕育着生机的早春,词人心里却贮满春恨愁思:一年伊始,而乡国迢递,"扁舟何许",归梦难成;旧山河依旧,却江山易主,人事全非。难以言说的故国之思、易代之悲和兴亡之感交织于词人胸中,流露于楮墨间。词的上片状物写景,情寓景内;下片抒发情怀,情景交融。整首词笔意深婉,情辞悲凉。

芳草才芽,梨花未雨。春魂已作天涯絮②。晶帘宛转为谁垂③,金衣飞上樱桃树④。　　故国茫茫,扁舟何许?夕阳一片江流去。

---

①选自《拙政园诗余》。②天涯絮:在天涯飘飞的柳絮。这句是说:春恨愁思如柳絮飘飞在天涯。③晶帘:水晶帘。宛转:原指缠弓的绳,后泛指绳子,此处指帘绳。④金衣:指黄莺。王仁裕《开元天宝遗事》载:"唐明皇于禁苑中见黄莺,常呼之为金衣公子。"

(张静秋)

碧云犹叠旧山河，月痕休到深深处。

永 遇 乐[①]

舟中感怀

【题解】

这首词是徐灿春日行舟，重临旧地，抚今追昔有感而作。词的上片抒发了“风景不殊，举目有河山之异”的黍离之悲，蕴藉而深沉地表现出眷恋故国的悲怆情怀；再以剑化龙归，表达对英雄豪杰抱负难伸、空洒一腔热血的深切遗憾，从而寄托了词人对明王朝覆灭的沉痛哀悼。下片用白玉楼、黄金台的典故，将身世沉浮的深沉感慨和复杂心绪委婉地传递出来。词中世事如烟，人生飘零的感怀是有家国之痛为底蕴的。故谭献认为此词“外似非壮、中实凄咽、欲言未言”(《箧中词》)。

无恙桃花[②]，依然燕子，春景多别。前度刘郎，重来江令，往事何堪说[③]？逝水残阳，龙归剑杳[④]，多少英雄泪血？千古恨、河山如

---

① 选自《拙政园诗余》。 ② 无恙：没有疾病等可忧之事。此处意为没有变化，依然如故。 ③ 刘郎：指唐代诗人刘禹锡。他曾在京师游玄妙观，作《戏赠看花诸君子》诗，影射新贵，遭贬。十四年后返京师，又作《再游玄都观绝句》。江令：指南朝梁诗人江总，入陈后任尚书令，世称江令。 ④ 龙归剑杳：雷焕于丰城掘得龙泉、太阿二宝剑，后来这对宝剑没入水中化为双龙。事见《晋书·张华传》。

许，豪华一瞬抛撇。　　白玉楼前，黄金台畔，夜夜只留明月⑤。休笑垂杨，而今金尽，秾李还消歇⑥。世事流云，人生飞絮，都付断猿悲咽⑦。西山在、愁容惨黛，如共人凄切。

---

⑤ 白玉楼：李商隐《李贺小传》载：李贺临死时，有绯衣人至，说是天帝成白玉楼，召李贺为记。黄金台：战国时期燕昭王在易水东南筑台，置千金于台上，延请天下贤士，号黄金台。⑥ 而今金尽：白居易曾用“嫩于金色软于丝”形容柳树抽枝时的情景。此处意为垂杨已老，不再有金色的嫩叶。⑦ 断猿悲咽：猿啼凄凉悲切，断断续续。

（张静秋）

顾眉(1619—1664)　初名媚,字眉生,又字智珠、眉庄,号横波,江南上元(今江苏南京市)人。龚鼎孳侧室。有《柳花阁集》。

千　秋　岁[1]

送远山李夫人南归[2]

【题解】

这是一首送别词。作者以女性特有的细腻笔触抒发了真挚的离情别绪。上片以景为后片的抒情作了铺垫。柳、槐、月、草在词人的笔下无不染有情感的色彩。下片回忆与远山李夫人之间深厚的情谊。昔日无比欢乐的"寒食约"、"花前酌",而今变成了沉重的回忆。抚今追昔,词人为挚友的离去倍觉孤独、伤感。"半船红烛冷,一棹青山泊"就是词人这种情感的真实流露,读来使人感到情真意切。词作用入声韵,收藏短促,有助于离情的表达,堪称闺阁词中的上乘之作。

几般离索[3],只有今番恶。塞柳凄,宫槐落。月明芳草路,人去真珠阁[4]。问何日,衣香钗影同绡幕[5]?　　曾寻寒食约,每共花前

---

① 选自《众香词》。② 远山李夫人:李元鼎之室、女词人朱中楣字,远山,故称远山夫人。③ 离索:即离群索居。谓离朋友而索居。④ 真珠:通作"珍珠"。⑤ 绡幕:生丝所织薄纱、薄绢做成的帐幕。

酌，事已休，情如昨。半船红烛冷，一棹青山泊，凭任取，长安裘马争轻薄⑥。

⑥ 裘马：车马衣裘。典出《论语·公冶长》："愿车马，衣轻裘，与朋友共，敝之而无撼。"后以此喻豪华生活。争：犹"怎"。

（汪泰陵　蔡惠瑛）

王夫之(1619—1692) 字而农,号薑斋,湖南衡阳人。明崇祯十五年(1642)举人。从南明桂王抗清,曾赴桂林,转肇庆,以图恢复。后筑土室于湘西石船山,闭门著述,学者称船山先生。博通经史,著作甚富,为明末清初著名学者及思想家。有《船山遗书》三百二十四卷,附《鼓棹》初集、二集及《潇湘怨词》,总称《薑斋词》。

青 玉 案[①]

忆 旧

【题解】

这是一首怆怀故国的作品。作者王夫之在明亡之后,曾多方为反清复明奔走,后知南明永历政权事不可为,遂退隐于湘西衡阳之石船山,著书立说,这首词即写于此时。上片展现一派寥落、凄清的暮春景色,为上片抒情作了铺垫和烘托。下片紧承上片,由景入情,抒发了词人在复明无望的情况下,内心痛苦无处倾诉的郁闷忧愁。

桃花春水湘江渡,纵一艇、迢迢去。落日赪光摇远浦[②]。风中飞絮,云边归雁,尽指天涯路。　　故人知我年华暮,唱彻灞陵回首句。花落风狂春不住。如今更老,佳期逾杳,谁倩啼鹃诉[③]?

---

① 选自《薑斋词》。② 这句言落日的红光摇漾在遥远的水滨。赪(chēng):赤色。③ 倩:请人替自己办事曰倩。

(汪泰陵　蔡惠瑛)

摸　鱼　儿①

东洲桃浪，潇湘小八景之三②

【题解】

作者的《潇湘怨词》共三组二十六首。其中“十景”调寄《蝶恋花》，“小八景”和“大八景”各为《摸鱼儿》八首。大、小八景的写作时间相距十六年。这首《摸鱼儿》属小八景之一。上片写景，通过潇湘景物的赞赏，表达了对祖国河山的热爱。下片集中写对朱明王朝的怀念。“君不见、桃根已失江南渡。风狂雨妒”几句，字里行间曲折表达了作者希图恢复故国的强烈愿望。

剪中流、白苹芳草，燕尾江分南浦③。盈盈待学春花靥④，人面年年如故。留春住。笑几许浮萍，旧梦迷残絮。棠桡无数⑤。尽泛月莲舒，留仙裙在⑥，载取春归去。　　佳丽地⑦，仙院迢遥烟雾⑧，湿香飞上丹户⑨。醮坛珠斗疏灯映⑩，共作一天花雨⑪。君莫诉！

---

① 选自《潇湘怨词》。② 潇湘小八景均在湖南境内，即东洲桃浪、雁峰烟雨、石鼓江山等。③ 燕尾江分：谓江流分岔有如燕尾。④ 盈盈：美好貌。多指人之风姿、仪态。靥(yè)：面颊上的微涡。春花靥，言面貌像春花般好看。⑤ 棠：指沙棠木，木质坚硬，可造船。桡：此代船。棠桡，指沙棠木做的船桨。⑥ 留仙裙：明何镗辑《汉魏丛书·飞燕外传》：“婕妤接帝于太液池，作千人舟。中流歌酣，风大起，(汉成)帝令冯无方持石履，风止，裙为之绉。他日宫姝(shū)或襞(bì)裙为绉，号留仙裙。”⑦ 佳丽地：言土地景物之美好，此指东洲。⑧ 迢遥：犹遥远。⑨ 丹户：犹朱户。⑩ 醮(jiào)坛：道士祭神的拜坛。珠斗：犹星斗。⑪ 花雨：即雨花。相传南朝梁武帝时有法师讲经，感天雨花，天花坠落如雨，起台名雨花台。词中“一天花雨”本此。

君不见、桃根已失江南渡⑫。风狂雨妒。便万点落英,几湾流水,不是避秦路⑬!

⑫“桃根已失”用王献之送桃根之典。此句谓南京危亡,明王朝气数已尽。⑬ 不是避秦路:用《桃花源记》典故,言避乱无地。

(汪泰陵　蔡惠瑛)

摸　鱼　儿①

江天暮雪

【题解】

王夫之在明、清易代之际写下的那些词章,如《摸鱼儿》“小八景”之类,显然对故明王朝还存有虽缺或能复圆的希冀。十六年后,康熙九年(1670),他在写《摸鱼儿》“大八景”时,政局的客观现实已无法逆转,所以在这首“大八景”之一的“江天暮雪”里,作者面对“疑是东方已曙”的现实,只能发出“回波难挽流澌住”的浩叹了。结尾的“直下长江去”几字,其实正是这种无可奈何的心绪的再现。承认现实,敢于正视现实,是清醒和明智者的表现。

① 选自《潇湘怨词》。

舞廉纤[②]、不知是雪，还是沙明波素[③]。彤云返映晶光凝[④]，暝色遥笼烟树。双无据。颤寒空、微霄极浦相回互[⑤]。芦洲古渡[⑥]。有孤艇蓬窗，挑灯酌酒，唱彻梁园句[⑦]。　　知此夕，一派瑶峰玉宇，朦胧半函银兔[⑧]。清晖的皪蛟冰漾[⑨]，疑是东方已曙。君莫觑。君不见、回波难挽流澌住[⑩]。珠摧玉仆[⑪]。向帝女祠东，昭王潭北，直下长江去。

---

② 廉纤：指细雨。宋叶梦得《为山亭晚卧》："泉声分寂历，草色借廉纤。" ③ 沙明：谓水边沙滩在日月的照射之下一片雪白的景象。波素：谓白色的浪花。 ④ 彤云：阴云。 ⑤ 微：不明、昏暗。微霄，指昏暗的天空。极浦：遥远的水边。回互：回环交错。 ⑥ 芦洲：水中长满芦苇等植物的陆地。 ⑦ 梁园：即梁苑，旧址在今河南开封市东南，汉梁孝王（刘武）筑，游赏与延宾之所。 ⑧ 半函银兔：犹半轮月。 ⑨ 的皪（lì）：即的历，光亮、鲜明貌。蛟冰：谓屋檐因滴水所结的冰柱。漾（yàng）：同漾。 ⑩ 流澌：江河解冻时流动的冰块。此句是说个人意愿已无法改变清王朝坐稳江山这一残酷现实了。 ⑪ 此句谓美好的理想如珠摧玉仆一样破裂了。

（汪泰陵　蔡惠瑛）

忆秦娥[1]（二首选一）

灯　花

【题解】

这是极能展示明遗民思想的一首咏物词，寓意于物象，舍形取神，尽展心境。词中一方面表现了“孤忠”之臣在“疑无疑有幽光小”的残局里苦苦撑持、顽强奋斗的精神；另一方面又表现出极为复杂的难言之隐。“灰飞无迹”、“死萤残照”等句，虽写得曲折隐约，但词人对于前途未卜的不安和痛苦的心情，是不难令人想见的。

残膏少[2]，零红难待春宵晓[3]。春宵晓。灰飞无迹[4]，更谁弄巧？　朦胧睡眼微萦绕，疑无疑有幽光小[5]。幽光小。破镜寒辉，死萤残照[6]。

---

① 选自《薑斋词》。 ② 残膏：指油灯里剩余的膏油。 ③ 零红：指膏油不多的油灯发出的光焰。 ④ 这句谓：反清复明的大业可能会像灰飞过而不留下任何痕迹一样，毫无结果。 ⑤ 幽光：昏暗的灯光。指上文提到的残膏零红。 ⑥ 死萤残照：谓将死的萤火虫发出的最后的萤光。

（汪泰陵　蔡惠瑛）

吴绮(1619—1694)　字薗(yán)次,一字丰南,号听翁,又号葹(shī)叟,江都(今江苏扬州市)人。清顺治十一年(1654)拔贡生,以荐授秘书院中书舍人,官至浙江湖州知府。有《艺香词》四卷。

醉　花　间[①]

春　闺

【题解】

这是一首在当时很有名气的写春愁闺怨的词作。此词思致精巧,因词中有"把酒祝东风,种出双红豆"句,为作者赢得"红豆词人"的雅号。陈廷焯在《白雨斋词话》中评价作者的这类作品说:"调和音雅,情态亦浓,词中小品也。"

思时候,忆时候,时与春相凑。把酒祝东风,种出双红豆[②]。
鸦啼门外柳,逐渐教人瘦。花影暗窗纱,最怕黄昏又。

---

① 选自《艺香词》。 ② 红豆:相思木所结子。古常以喻爱情或相思。

（汪泰陵　蔡惠瑛）

明月棹孤舟[1]

江　上

【题解】

这是吴绮另一种风格的名篇。词人孤舟独酌，感慨时事。在俯仰古今时，借追思为吴王夫差鞠躬尽瘁的伍子胥和领兵南下的北魏太武帝拓跋焘建功立业的显赫业绩，抒发了生不逢时、壮志难酬的感慨。词以写景起笔，抒怀收束。清隽谐婉中不乏慷慨之气，堪称刚柔互济之作。

黄叶几枝横酒舍，摆西风、酒旗低亚。醉不成欢，心难与问，谁是芦中人也[2]？　　万里江声潮欲泻，似当年、雷轰万马。两眼秋云，一身斜日，长啸佛狸祠下[3]。

---

① 选自《艺香词》。② 芦中人：谓伍子胥。春秋楚伍子胥奔吴，至江，渔父渡之，见子胥有饥色，曰："为子取饷。"子胥疑之，乃潜身苇中。有顷，渔父持麦饭、鲍鱼羹等食品来，呼之曰："芦中人！芦中人！岂非穷士乎？"如此再三，子胥乃出。③ 佛狸祠：在今六合县瓜步山上。佛狸为北魏太武帝拓跋焘小名。

（汪泰陵　蔡惠瑛）

沁园春[①]

述怀

【题解】

吴绮小令学《花间》，长调学苏、辛。在清初词人中，是既能情语又工壮语的一位。这首《沁园春》词，是吴氏长调的代表作。作此词时，内心是矛盾的。一方面他景仰司马相如、孙策等人，希望像他们一样能为国家做出一番事业，但同时又感到富贵权势对一个人来说，又如在大槐宫里当驸马一样，转瞬即逝。这种对荣华富贵既看破又未看破的矛盾心态，写得很深、很透，在当时的士大夫中间很有代表性。

落拓黄衫，一帽东风，星星鬓须[②]。只侯嬴关畔[③]，题诗借笔；漂母祠前[④]，买酒骑驴。跃马平生[⑤]，当年儿戏，为甚关门独校书[⑥]？花前醉，笑古人欺我，击缶呜呜[⑦]。　　江山何处归欤？算且去江边学钓鱼。看马卿才调[⑧]，何年北阙[⑨]；孙郎意气，几日东吴[⑩]？三尺玉

---

① 选自《艺香词》。 ② 星星：须发花白貌。鬓须：鬓发与胡须。 ③ 侯嬴关：侯嬴，战国时魏国隐士，为大梁（战国魏都，今河南开封县）夷门抱关者（守门的小吏）。虽沉沦于社会底层，却重信义，帮助信陵君窃兵符救赵。后称大梁夷门为侯嬴关。 ④ 漂母祠：庙堂名。故址在今江苏淮安县北。漂母，在水边漂洗衣物的妇女。韩信少时，钓于城下，有一漂母见他饥饿，将自己的饭食分给韩信吃，数十天如此。韩信对漂母说："吾必有以重报母。"母生气地说："大丈夫不能自食，吾哀王孙而进食，岂望报乎！"后信为楚王，召漂母，赐千金。后人有感于漂母之德，乃建祠以志纪念。 ⑤ 跃马：策马驰骋腾跃，喻富贵得志。 ⑥ 校书：校勘书籍。 ⑦ 击缶（fǒu）：缶：盛水或酒的瓦器；击缶，敲打缶以和乐曲的节拍。 ⑧ 马卿：司马相如，字长卿。后来诗文中简称马卿，才调：犹才气，多指文才。 ⑨ 北阙：古代宫殿北面的门楼。是大臣等候朝见或上书奏事的地方。也作朝廷的别称。 ⑩ 孙郎：指三国时孙策；孙郎

龙[11]，一床狂梦，曾到大槐宫里无[12]？呼天语，问天生如此，肯老菰芦？

意气，指孙策当年建功立业的雄姿。几日东吴：孙策虽在江东建立政权，但在位时间极短。⑪ 三尺玉龙：指宝剑；长约三尺，故名。 ⑫“一床”两句唐李公佐《南柯太守传》记广陵淳于棼(fēn)梦游大槐安国，被招为驸马，拜南柯太守，享尽荣华富贵。梦觉，乃知所游为宅南大槐树下一蚁穴。后以此喻富贵权势的虚幻无常。

（汪泰陵　蔡惠瑛）

满　江　红[1]

金　山[2]

【题解】

这首词通过对金山以及名人轶事的描写，讴歌了以“天下第一江山”而闻名四方的金山的绮丽、雄伟，表达了对祖国大好河山的无比热爱之情。全词雄奇秀美，气韵沉雄。时而浓墨重彩，时而淡雅清丽。入声韵的运用，更增添了整首词的顿挫之美。读之，犹如浏览一幅优美的山水画，有身临其境之感。

一点青青，是娲后，补残余石[3]。向此处、洪流独砥[4]，嵬然千

---

① 选自《艺香词》。 ② 金山：山名，在江苏镇江市西北长江南岸。旧在江中，清末沙涨成陆，遂与南岸相连。唐时裴头陀于江边获金，故名金山。 ③ 娲后：即女娲氏。这三句说：远望一点青青的金山，似是女娲氏炼石补天用剩的一块石头。 ④ 洪流独砥(dǐ)：形容金山有如长江中的“中流砥柱”。

尺[5]。纵步欲凌鹰隼背[6]，蟠根直下蛟龙宅[7]。问当年、留带旧风流[8]，空陈迹。　　山两岸，分南北。水一派，流今昔。把天风海月，尽教收拾。孤磬声摇残照紫[9]，乱帆影挂秋云碧。上危楼、极目送归鸿，吹横笛。

---

⑤ 嵬(wéi)然：高耸貌。 ⑥ 凌：升高，登。隼(sǔn)：鸟名，凶猛善飞。 ⑦ 蟠根：言金山盘伏牢固。 ⑧ 留带：宋释了元(佛印)居金山寺。苏轼访了元，并留玉带为赠。轼有《以玉带施元长老以衲裙相报次韵》诗。 ⑨ 孤磬(qìng)：佛寺中传出的孤寂的击磬声。

（汪泰陵　蔡惠瑛）

一　剪　梅[1]

理　绣

【题解】

吴绮是清初擅于写艳情的词人，以其富赡的才华写情爱缱绻的题材，自是本色当行。这首词，足可窥其风格之一斑。全词辞句圆转流畅，一气呵成，通过对“情也丝丝，线也丝丝”的描写，以及用“莺一双儿，燕一双儿”和人的对比，把身处两地的恋人难言的相思之苦，恰到好处地表达出来。整首词语言蕴藉，叠句也颇有情致。

---

① 选自《艺香词》。

（汪泰陵　蔡惠瑛）

碧烟窗下绣床支。情也丝丝，线也丝丝。最难匀染在春时。红是花枝，白有花枝。　　沉吟几度费嗟咨。莺一双儿，燕一双儿。吐绒湿却淡胭脂。谁待相思，谁解相思？

严绳孙(1623—1702)　字荪友,号藕塘渔人。江苏无锡人。康熙十八年(1679)举博学鸿词,授检讨,修《明史》,官至右中允,寻告归。其词清逸闲雅。著有《秋水词》。

双调望江南[①]

【题解】

这是一首行旅寄情的词。江边宛转的歌声,引起作者的愁绪。春归夏至,作者感叹时光流逝,无所作为,遂起归意。这首词平淡雅净,清远蕴藉。

听宛转,愁到渡江多[②]。杏子雨余梅子雨[③],柳枝歌罢竹枝歌[④]。一抹远山螺[⑤]。　　曾几日,轻扇掩纤罗。白发黄金双计拙,绿荫青子一春过[⑥]。归去意如何。

---

① 选自《秋水词》。② 这两句用周邦彦《满庭芳》"憔悴江南倦客,不堪听、急管繁弦"词意。③ 杏子雨:即杏花雨,清明时节的雨,其时杏花盛开。梅子雨:初夏江淮流域持续较长的阴雨,其时梅子黄熟。④ 柳枝歌、竹枝歌:均为汉乐府名。⑤ 一抹远山螺:比喻峰峦像螺壳般的形状。⑥ 杜牧《叹花》诗云:"自是寻春去较迟,不须惆怅怨芳时。狂风落尽深红色,绿叶成荫子满枝。"绿荫青子:言春去夏来。

(吴　强)

菩　萨　蛮[1]

托　兴

【题解】

这是作者所作《菩萨蛮·托兴》四首中的一首。从表层看，似乎是抨击强选宫女的暴政，实质上嘲讽清廷举“博学鸿儒”是逼弄才志人士，并为自己被皇权玩弄的命运深感悲哀。作者曾以“江南名布衣”被荐应“鸿博”试，临试因目疾仅赋《省耕诗》一首退场，而康熙“素重其名”，特擢置二等末，授检讨。这首词冷隽藏锋，含蕴有味。

君恩自古如流水[2]，梨园又选良家子。都作六宫愁，传言放杜秋[3]。　　倾城争一顾，那用论缣素[4]。几个定横陈[5]，丹青不误人。

---

① 选自《秋水词》。 ② 用李商隐《宫辞》“君恩如水向东流”诗意。 ③ 这两句是指宫女的得宠与失宠变化不定。 ④ 缣(qiān)：黄色绢。素：白色绢。古乐府《上山采蘼(mí)芜》：“新人工织缣，故人工织素。织缣日一匹，织素五丈余。将缣来比素，新人不如故。” ⑤ 横陈：横卧，横躺。语本宋玉《讽赋》：“内怵惕兮徂玉床，横自陈兮君之旁。”

（吴　强）

顾贞立(1623—1699)　原名文婉,字碧汾,号避秦人,江南无锡(今属江苏)人,顾贞观之姊。著有《栖香阁词》二卷。在清代女词人中,顾贞立卓然名家,她的词"语带风云,气含骚雅,殊不似巾帼中人作者,亦奇女子也"(《灵芬馆词话》)。

虞　美　人[①]

【题解】

这首词嗟叹明朝的覆灭,抒发了词人作为明朝遗民的一腔哀怨,写得绵邈凄恻。顾贞立亲见明王朝大厦倾覆,不禁伤心掬泪。但更使人痛断回肠的是南明小王朝统治者的荒淫误国。南明福王在国事不可收拾的时刻,仍命广选淑女,甚至将梨园子弟唤入大内演剧,连日不视朝。词的上片直陈伤心之由,下片渲染亡国遗恨的不可排解。结处翻出新意:这无时无处可以摆脱的哀愁,无知音可以倾诉的悲痛,使词人欲超脱尘世,寄身广寒。歇拍无限凄凉,意在言外。

暗伤亡国偷弹泪,此夜如何睡?月明何处断人肠,最是依然歌舞宴昭阳[②]。　　几年尝遍愁滋味,难觅无愁地。欲笺心事寄嫦娥,为问肯容同住广寒么?

---

① 选自《栖香阁词》。② "最是"句意为明朝君主在亡国之际仍醉生梦生,荒淫享乐。

（吴　强）

董元恺(生卒年不详)　字舜民，号子康，江南武进(今江苏常州市)人。清顺治十七年(1660)举人，次年即罹“奏销案”被黜。有《苍梧词》十二卷。

酷　相　思[①]

西江代内[②]

【题解】

这是一首极写相思之愁苦和怀人之深切的词作。上片追忆离后之苦，展示了一个女子倚楼深深自苦自愁的凄苦情怀。下片回溯旧时的欢洽之情。全词虽不着一“情”字，不着一“思”字，但托情于春山、秋江、落红、归燕，使惆怅流连之情、镂心刻骨之思跃然纸上。上、下片结末用叠句，相互呼应，虽戛然而止，但意蕴无穷。语言明白晓畅、洗炼精纯，自然雅洁。

帘卷帘垂朝复暮，断送落红无数。想杜鹃声里人何处？春山也、留君住，秋山也、留君住。　　两峰三竺西泠渡[③]，旧是同行路[④]。纵叮咛燕子浑无据。春江也、随君去，秋江也、随君去。

---

① 选自《苍梧词》。 ② 西江：江名。黔、桂、郁三江在广西梧州合流后，称西江。内：妻。 ③ 两峰三竺西泠渡：均为西湖名胜。两峰，指在烟霞岭西北的南高峰，和在灵隐寺后的北高峰。两峰遥相对峙，峰指时隐时现于薄雾轻岚之中，望之如插云天。三竺，即上、中、下三天竺，在灵隐寺南面山中。上天竺的法喜寺，中天竺的法净寺，下天竺的法镜寺，分别建于五代、隋、东晋年间，是杭州著名的佛教寺院。西泠渡：即西泠桥。 ④ 旧：犹原来，以前。

（汪泰陵　蔡惠瑛）

浪淘沙[1]

七夕

【题解】

这首词，上片写牛郎织女相见时“忘却更残”的缠绵情景。下片写连牛郎织女都不如的恋人，在七夕之夜独自锦泪潸潸的愁苦之情。全词构思巧妙，天上人间的描写，对比强烈，过渡自然，实为清丽缱绻的情爱词之佳制。

新月一弓弯，乌鹊桥环[2]。云軿缥缈度银湾[3]。天上恐无莲漏滴，忘却更残。　　莫为见时难，锦泪潸潸[4]。有人犹自独凭阑。如果一年真一度，还胜人间。

---

① 选自《苍梧词》。 ② 白居易《白孔六帖》：“乌鹊填河成桥而渡织女。”环，围绕。③ 云軿(píng)：传说中天上专供妇女乘坐的四周有帷幕障蔽的车。軿：有帷盖的车。银湾：即银河。此句谓织女乘着云軿，从高远隐约的天河彼岸而来，跨过鹊桥与牛郎相会。④ 锦：美物，因以形容鲜艳华美，此形容织女之泪。

（汪泰陵　蔡惠瑛）

过涧歇[1]

【题解】

这是一首歌咏浙江山水的作品。上片写三十九涧水流的多姿多彩，以及置身其间的感受。下片写山的瑰丽险峻，以及看摘春茶的动人情景。词对三十九涧山水的奇险，从不同的角度，多层次、立体地作了描写。不借助典故，亦不依靠辞藻的堆砌。一股清新之气，透过作者笔下的山水扑面而来，给人以独辟蹊径、不落前人窠臼之感。

过三十九涧，逾裹王岭，入罗岕[2]。

山叠叠，溪流曲曲。大似雷轰，细似琮琤碎玉[3]，声声续。天际倒悬三峡[4]，波漾千竿竹。石齿冷[5]，入手寒香沁新绿。　更笄身直上，鸟道清泉[6]，羊肠翠麓。扶杖云生足。小憩松风，看摘春纤[7]，轻携碧篓，村火几处茶初熟。

---

① 选自《苍梧词》。 ② 三十九涧、裹王岭、罗岕：均在浙江长兴县山区。岕（jiè）：同“岭”，两山之间。浙江长兴山地多以岕为名，如丁字岕等。 ③ 琮琤：玉石碰击声。 ④ 此处用三峡喻罗岕山区山水的险峻。 ⑤ 石齿：谓齿状之石。 ⑥ 鸟道：谓险绝的山路，仅飞鸟可过。 ⑦ 春纤：形容女子手指的纤细娇好。

（汪泰陵　蔡惠瑛）

多　　丽[1]

北邙山感怀[2]

【题解】

汉魏以来，王侯公卿贵族多选择北邙山作为墓地的理想之地。这首词便通过今日北邙山“苔侵藓剥，风雨飘摇”，以及“飨丰肌、髑髅行乐，穿幽宅、狐兔宣骄”的描写，表达了就是北邙山也无法保证达官显贵们的富贵长久、墓地完好。结末用“几曾见、人间金椀，罗袜更藏娇”的辛辣之笔，嘲讽了那些来生还梦想大富大贵的北邙山墓地主人们可笑的奢望。全词语言朴实，明白晓畅，不借助典实，完全依靠作者细致的观察和深邃的思考，读后发人深思，给人启迪。

出荒郊，连山断岭嶕峣[3]。尽从来、千秋百岁[4]，同归旷野萧条。凭聚敛、贤愚魂魄，总埋没、新旧蓬蒿。玉匣珠襦[5]，铜棺瓦器[6]，泉台何处姓名标[7]。纵置就、万家新邑[8]，百尺立碑高。只落得、苔侵藓剥，风雨飘摇。　　便岁时、裂钱浇酒[9]，殡宫麦饭谁消[10]？飨丰肌、髑髅行乐[11]，穿幽宅[12]、狐兔宣骄。石马惊嘶，漆灯无焰[13]，漫漫

---

① 选自《苍梧词》。② 北邙：山名，一作北芒。在今河南洛阳市东北。汉魏以来，王侯公卿贵族的葬地多在于此。③ 嶕峣：高耸貌。④ 千秋百岁：婉言人死之辞。⑤ 玉匣珠襦(rú)：古代皇帝、王侯、皇宗贵族的殓服。珠襦，以珠为襦，如铠状，连缝之，以黄金为缕；腰以下，玉为匣，至足，亦缝以黄金为缕。⑥ 铜棺：即金饰之棺。瓦器：此谓用土烧坯瓦制的各种随葬物品。⑦ 泉台：墓穴。⑧ 邑：泛指一般城镇。大曰都，小曰邑。⑨ 岁时：一年中的季节。⑩ 殡宫：古代临时停柩祭祀之所。麦饭：本指麦屑做成的饭，此处泛指祭祀时的供品。⑪ 飨：通“享”。⑫ 幽宅：坟墓、墓穴。⑬ 漆灯：以漆为燃料的照明用灯。

长夜路迢迢。几曾见、人间金椀，罗袜更藏娇[14]？年年是、白杨衰草，断送英豪。

---

⑭ 椀：同“盌”、“碗”。金椀，金铸之饮具。罗袜：此泛指穿在死者身上的各种华丽的衣物。更：副词，相当于“岂”。“罗袜藏娇”句：谓华丽精美的衣物难道就能保全死者永远完好无损吗？

（汪泰陵　蔡惠瑛）

陈维崧(1625—1682)　字其年，号迦陵，江南阳羡(今江苏宜兴)人，陈贞慧子。清康熙十八年(1679)召试鸿词科，由诸生授检讨，纂修《明史》。越四年，卒于官。其年工词，填词之富，古今无两。少作大抵多旖旎语，后颠沛四方，阅历愈深，遂多豪放纵横、骨力遒劲、极富才力之作。为有清一代开宗立派、影响深远的词人。有《湖海楼词》。

点绛唇[①]

夜宿临洺驿

【题解】

临洺驿是古县名，在今河北永年县西。河北山西一带是战国时赵魏燕韩四个诸侯国的遗址。作者途经此处，仰古俯今感慨万端，写下了这首脍炙人口的小令。全词气魄绝大，雄劲苍茫。特别是“黄叶中原走”五字，更是笔力遒劲，字字千钧，显示出作者腾越飞扬的才情，以及非凡的想象力。

晴髻离离[②]，太行山势如蝌蚪[③]。稗花盈亩，一寸霜皮厚[④]。赵魏燕韩，历历堪回首。悲风吼，临洺驿口，黄叶中原走。

---

① 选自《湖海楼词》。② 离离：犹历历，分明貌。此句形容晴空中远处的山峦，有如女人头上各种形状的发髻，清楚分明。③ 这句意为：太行山山势蜿蜒，远望有如蝌蚪游动。④ 稗：俗称稗子，一年生草本植物，稻田害草。此两句谓稗花堆积田亩，远望有如厚重的凝霜一般。

(汪泰陵　蔡惠瑛)

醉落魄[1]

咏鹰

【题解】

自古以来,鹰在文人的笔下是力量、勇猛的象征。这首词以满腔的热情歌颂了敢于同恶势力作斗争的雄鹰。尤其是结尾处"人间多少闲狐兔,月黑沙黄,此际偏思汝"几句,于"平叙中峰峦突起","波澜壮阔,气象万千","力量最雄"(陈廷焯《白雨斋词话》),足见作者才力雄富,气概卓荦(luò),俨然大家手笔。

寒山几堵[2],风低削碎中原路[3]。秋空一碧无今古。醉袒貂裘[4],略记寻呼处[5]。　　男儿身手和谁赌[6]?老来猛气还轩举[7]。人间多少闲狐兔[8]。月黑沙黄[9],此际偏思汝[10]。

---

① 选自《湖海楼词》。② 寒山:冷落寂静之山。堵:座。③ 这句极写苍鹰在平原迅疾低飞的雄姿。④ 此句写醉后呼鹰,袒开皮衣,露出胳膊的神态。⑤ 寻呼:指呼鹰寻猎。⑥ 身手:指武艺本领。⑦ 轩举:高昂飞扬。⑧ 此句以闲狐狡兔,比类人世间的小人,指望鸷鹰猛禽来治服他们。⑨ 月黑沙黄:指狐兔最爱出来活动的夜晚。⑩ 汝:此指鹰。

(汪泰陵　蔡惠瑛)

满江红①

官　渡②

【题解】

陈维崧是善用史笔入词的一位词人。他的咏史词熔史实、议论于一炉，俯仰古今，用“赋的手法和歌行的叙事笔路入词”(《清词史》语)，在我国词史上，是独具特色的。这首词的上片铺陈古战场官渡的雄奇险峻。下片追思汉末袁曹两家官渡之战的情景，以及眼下官渡的荒凉冷落。全词“笔势森疏”(陈廷焯语)，沉雄悲壮，不乏古诗意味，在作者的咏史词中，是颇见功力的作品。

野渡盘涡③，中牟界、涛翻浪走。勒马看、残山剩水，一番回首。斜日乱碑森怪猬④，危岗怒石蹲奇兽。笑中原、从古战场多，阴风吼。　炎刘鼎⑤，嗟沦覆；袁曹辈，工争斗。看金戈塞马，喧豗驰骤⑥。浪打前朝黄叶尽，霜封断壁青苔厚。又几行、雁影落沙洲，多于豆。

---

① 选自《湖海楼词》。 ② 官渡：地名，在今河南中牟县东北，以临古官渡水而得名，也称中牟台。东汉末建安五年(200)曹操以劣势兵力歼灭袁绍主力军于此，为曹操统一北方奠定了基础。今尚有土垒遗存，名曹公台。 ③ 盘涡：水流回旋成涡。 ④ 森：阴沉幽暗貌。 ⑤ 炎刘：汉代的别称。汉自称以火德王，姓刘氏，故名。 ⑥ 喧豗(huī)：哄闹声。

(汪泰陵　蔡惠瑛)

满 江 红①

樊 楼②

【题解】

这首词是作者伤今吊古的汴京诸作中的一章。上片写北宋都城汴京以及樊楼当年繁华的景象，末二句在平叙中峰峦叠起，点出了北宋的灭亡。下片写宋君臣南渡后，早已忘记中原沦陷之耻，仍旧过着歌舞升平、花天酒地的生活。结四句“风月不须愁变换，江山到处堪歌舞。恰西湖、甲第又连天，申王府”，“悲愤之词，偏出以热闹之笔”（陈廷焯语），表达了作者对沉湎于声色的南宋君臣，以及秦桧等权奸误国的痛恨，实亦系对福王父子的鞭挞，是一首借古讽今之词。全词清雄劲峭，慷慨激昂，用反语抒发内心的强烈不满，诚是“老辣霸悍”。

北宋樊楼，缥缈见、彤窗绣柱。有多少、州桥夜市③，汴河游女④。一统京华饶节物⑤，两班文武排箫鼓。又堕钗、斗起落花风，飘红雨⑥。　　西务里，猩唇煮⑦；南瓦内，鸾笙语⑧。数新妆炫服，

---

① 选自《湖海楼词》。 ② 樊楼：宋代京城（今河南开封市）的著名酒楼。本为商贾卖白矾（fán）之所，因名曰矾楼，又谓樊楼。或谓楼主姓樊，故称樊楼。后改名丰乐楼。内西楼以第一层下视禁中，后来禁止人们登眺。 ③ 州桥：正名天汉桥，在汴京宫城南面的汴河之上。从汴京旧城南面的朱雀门正对的朱雀桥至龙津桥止的街道，有各种糖果点心店、熟食店，每日营业“直至三更”。见宋孟元老《东京梦华录·酒楼》。 ④ 汴河：汴京穿城河道之一。自西京洛口分水入京城，东去至泗州，入淮。凡漕运东南各省粮粟入京师，皆由此道。 ⑤ 节物：应时节的景物。 ⑥ 用钗堕花落喻北宋之亡。 ⑦ 务：宋代称官办酒库为酒务，酒务因设有酒楼卖酒，故以酒务泛指酒店。猩唇：猩猩嘴唇，食品中八珍之一。 ⑧ 瓦：即瓦舍。宋

师师举举[9]。风月不须愁变换,江山到处堪歌舞[10]。恰西湖、甲第又连天,申王府[11]。

代茶楼、酒肆、妓院、娱乐、出售杂货等的场所。取其"来时瓦合,出时瓦解之义,易聚易散也"。瓦舍有南瓦、北瓦、中瓦等。鸾笙:谓笙和婉如鸾鸣。此处泛指乐器。⑨ 师师举举:指宋时名妓李师师、唐时名妓郑举举。此处皆泛指妓女。⑩"风月"二句谓宋南渡君臣苟安江南,早已忘记中原沦陷之耻,仍旧过着歌舞升平、花天酒地的生活。⑪ 甲第:旧时豪门贵族的宅第。申王:宋高宗时奸相秦桧死后赠申王,谥忠献。宁宗开禧二年(1204),追夺王爵,改谥缪丑。参见《宋史·奸臣传》。

(汪泰陵　蔡惠瑛)

杏　花　天[1]

咏滇茶

【题解】

陈维崧是"明末四公子"之一的陈贞慧的儿子。家庭的熏陶、父辈的教诲,使他入清以后还一直对故明王朝怀有深情。他的不少作品,就往往寄国事、家事、个人情事于其中,甚至咏物之作也是如此。这首词上片写春日茶花盛开的景象;下片用茶花和翩翩自喜的江南桃李作对比。结尾"异乡花卉伤心死,目断昆明万里"两句,是对康熙元年(1662)被俘并遇害于缅甸的南明永历帝的吊唁。全词情思浓郁,艳丽而不空泛,显然是深有寄托之作。

① 选自《湖海楼词》。

秾春冶叶朱门里[2]，弄东风、红妆初试。残莺天气香绵坠[3]，怊怅最宜看此[4]。　　见多少、江南桃李，斜阳外、翩翩自喜。异乡花卉伤心死，目断昆明万里。

---

② 秾：花木繁盛貌。冶叶：犹言野草闲花。③ 残莺天气：指春末。④ 怊(chāo)怅：同“惆怅”，失意貌。

（汪泰陵　蔡惠瑛）

齐　天　乐[1]

辽后妆楼[2]

【题解】

这是陈维崧咏史词中以风格婉丽见长的一首作品。上片写当年每月明花晓时分，辽后在妆楼梳妆的情景。下片写时过境迁，辽后妆楼也同建业萧家一样，早已成为历史的陈迹。古今兴废之感、人事沧桑之变，一一从词中娓娓道出。陈廷焯用“同时不乏佳作，无出此右者”(《词则·大雅集》评卷五)来称赞这首词。吴梅亦评价说：“迦陵不独工于壮语也。《齐大乐·辽后妆楼》诸阕，婉丽闲雅，何亚竹垞(朱彝尊)乎?”(《词学通论》第九章)足见此词在词史上的地位。

---

① 选自《湖海楼词》。② 辽后妆楼：清高士奇《金鳌退食笔记》：“琼华岛在太液池中，从承光殿北度石梁至岛，其巅古殿榜曰广寒之殿，相传本辽后梳妆楼，历金、元、明皆有宫殿，为游观之地。”至清代中叶此妆楼已倾圮(pǐ)无存。

洗妆楼下伤情路，风雨又吹人到。一绺山鬟[3]，半梳苔发[4]，想象新兴闹扫[5]。塔铃声悄，说不尽当年，月明花晓。人在天边，轴帘遥闪茜钗小[6]。　如今顿成往事，回心深院里[7]，也长秋草。上苑云房[8]，官家水殿[9]，惯是萧娘易老[10]。红颜懊恼，与建业萧家[11]，一般残照。惹甚闲愁，且归斟翠醥[12]。

---

③ 绺(liǔ)：凡丝编成的线，皆曰绺；一绺山鬟，谓远山如翠缕云鬟。④ 苔发：谓苍苔如乱发。⑤ 这句意为：想方设法做新发式。⑥ 轴帘：卷帘。茜：茜草。茜草根可作大红色的染料，因借指大红色。茜钗，红色的钗。⑦ 回心深院：唐高宗后王氏及萧良娣既废，囚宫中。一日高宗念后，间行至囚所，见门禁锢(gù)严，进食窦中，恻然伤之，呼曰："皇后、良娣，无恙乎？今安在？"二人……流泪呜咽，又曰："陛下幸念畴日，使妾死更生，复见日月，乞署此为回心院。"事见《新唐书·高宗废后王氏传》。相传辽道宗萧皇后作《回心院词》十首，亦寓望幸之意。后因此受诬被害。事见宋王鼎《焚椒录》。⑧ 上苑：帝王玩赏、打猎的园林。⑨ 水殿：建于水上的殿宇。⑩ 萧娘：指辽萧皇后。⑪ 建业萧家：指在建业建立政权的南朝梁，梁朝帝王姓萧。⑫ 翠醥(piǎo)：青绿色的酒。

（汪泰陵　蔡惠瑛）

贺新郎[1]

纤夫词

【题解】

清初战争不断，征发壮丁为纤夫以服务于战争，即扰民苦民之事一桩。这首词以满

---

① 选自《湖海楼词》。

腔悲愤的心情，记录了征发壮丁给黎民百姓所带来的巨大痛苦。上片写征发十万“棹船郎”，闹得“列郡风驰雨骤”，家家户户不得安宁的情景。下片意脉不断，写被抓的壮丁与生病的妻子告别，以及壮丁渴望早日归家的心情。全词沉郁悲壮，于苍茫中见骨力。正如吴梅所说：“波澜壮阔，气象万千，即苏、辛复生，犹将视为畏友也。”（《词学通论》）

战舰排江口。正天边、真王拜印②，蛟螭蟠钮③。征发棹船郎十万，列郡风驰雨骤④。叹闾左、骚然鸡狗⑤。里正前团催后保⑥，尽累累、锁系空仓后。捽头去⑦，敢摇手？　　稻花恰称霜天秀⑧。有丁男、临歧诀绝、草间病妇⑨。此去三江牵百丈⑩，雪浪排樯夜吼。背耐得、土牛鞭否⑪？好倚后园枫树下，向丛祠、亟倩巫浇酒⑫。神佑我，归田亩⑬。

---

② 真王拜印：王爷晋爵时授新印信的仪式。真王，对假王而言，这里显然有讽刺的意味。③ 蛟螭（chī）：古代传说中的一种动物，蛟龙之属；蟠钮：蟠结在印钮上；钮，即印鼻子。此句指印钮上盘着蛟螭的大印。④ 此两句谓各州郡征发纤夫之事急如风火。⑤ 闾左：居住在闾里之左的贫民。秦时旧例，凡居以富强为右、贫弱为左。闾：古时以二十五家为闾。全句意为：闾里间闹得鸡犬不宁。⑥ 里正：古时乡里的小吏。往往以丁粮多者任之。唐制，凡百户为一里，设里正一人。⑦ 捽（zuò）头：揪住壮丁的头发。⑧ 秀：禾类吐穗开花曰秀。⑨ 临歧：到歧路口，指分道惜别。这句谓丁男与病中的妻子诀别时的凄惨情景。⑩ 三江：泛指多条江河。百丈：此谓牵船的篾缆。⑪“背耐得”句：谓纤夫也能像春牛一样耐得住鞭打么？⑫ 丛祠：荒野丛林中的神祠。亟倩：急请。巫浇酒：请巫浇酒以祭神。⑬ 归田亩：活着归来，仍旧靠耕田过活。

（汪泰陵　蔡惠瑛）

何采(1626—1700) 字第五,一字敬与,又字涤源,号南涧,一号省斋,原籍安徽桐城,久寓金陵。顺治六年(1649)进士,授翰林院编修,官至侍读。顺治十二年(1655)方三十岁即拂衣归里,从此键户吟咏,终老泉石间。何采少年高第,声振词林,是清初江南词坛上杰出词家。有《南涧词选》二卷。

桂殿秋[①](二首)

驴鸣

【题解】

“驴鸣犬吠”为习用的讽刺诗文拙劣语。这两首词以《驴鸣》为题辛辣地嘲笑那些以拙劣文章骗取功名的人和事,也抨击了科举取士制度。两首词均以讽刺为主,笔剑舌锋凛然可畏,嬉笑怒骂全出其中。儒家“温柔敦厚”“怨而不怒”的诗教,在此荡然无存。

轰似角,戛如钲[②]。庞形广颡作宏声[③]。昭王台上求千里[④],武子棺前听一鸣[⑤]。

---

① 选自《南涧词选》。作者原注:揭晓后(指科举考试发榜后),儿童闻有马前鼓吹声,奔而视之,乃驴鸣也。 ② 戛(jiá):戛然而止;钲(hēng 争):铜锣。此两句意为:驴轰鸣时像号角,戛然而止时又像敲铜锣。 ③ 庞形:体形庞大。广颡(sǎng):宽额头。 ④ 昭王台:又称黄金台、燕台。燕昭王筑此台,延请天下士的典故。千里:即千里马,喻有作为的人才。 ⑤“武子棺前”句:《世说新语·伤逝》:“(王)武子丧时,名士无不至者。(孙)子荆后来,临尸恸哭,宾客莫不垂涕。哭毕,向灵床曰:‘卿常好我作驴鸣,今我为卿作。’体似真声,宾客皆笑。……”

横意气，抖精神。人间大有九方歅[6]。偶然薄逞黔南技[7]，争说能空冀北群[8]。

⑥ 九方歅(yīn)：春秋秦穆公时人，善相人和马。也作九方。 ⑦ 薄逞：略为显露，聊且施展黔南技：即黔驴之技。典出唐柳宗元《三戒·黔之驴》，比喻技能拙劣，虚有其表。⑧ 空冀北群：唐韩愈《送石处士序》："伯乐一过冀北之野，而马群遂空。"意思是说伯乐善相马，把冀北的好马都选走了。

（汪泰陵　蔡惠瑛）

鹊　桥　仙[1]

七夕，时苦久旱

【题解】

何采此词将民生疾苦与"乞巧"联写，实在旧题翻新之举。自古以来的"七夕"词中，此属绝无仅有之作。这首词形象地展示了久旱之下，农田无黍无桑、百姓梭轭齐搁的荒凉景象，表达了词人对人民的深深同情，是一首"感于哀乐、缘事而发"的现实主义作品。语言明白晓畅，情事哀伤而笔调幽默，更增强了它的艺术魅力。

每年乞巧，今年乞雨[2]，望断穿针眼角[3]。田头无黍陌无桑，梭

① 选自《南涧词选》。② 乞雨：即求雨。 ③ 望断句：谓农民乞雨心切。

和轭、一时齐阁[4]。　　萤辉乱点[5]，蛛丝忙缀[6]，闲杀填桥乌鹊。双星欲渡但蹇裳[7]，趁此夕、银河水涸。

④ 梭：此指代织布机。轭(è)：此指车。阁：同“搁”。放置，停止。 ⑤ 萤：萤火虫；萤辉，指萤火虫在夜间发出的光亮。 ⑥ 蛛丝忙缀：蜘蛛正忙着吐丝织网。 ⑦ 双星：指牛郎星、织女星。但：只要。蹇裳：提起衣裳，又作“褰裳”。

（汪泰陵　蔡惠瑛）

柳　梢　青[1]

枭[2]

【题解】

这是一首为猫头鹰画像的咏物之作。猫头鹰本是一种益鸟，但由于它只在夜晚活动的特性，拉大了它和人类之间的距离。加之形象丑陋，叫声使人恐怖，所以一般人对它往往会产生一种莫名其妙的憎恶感。作者这首《柳梢青·枭》词，却反其道而行之，为能引起“山人白衣”共鸣的如悲笳、如商笛、如哀筝的猫头鹰的叫声作了平反。同时，还赞扬了猫头鹰不随大流、不善乔装的本性。其实，作者所称赞的，难道真的只是猫头鹰？

莫厌枭鸣。山人白衣[3]，载酒曾听[4]。如拍悲笳，如吹商笛，如

① 选自《南涧词选》。 ② 枭(xiāo)：俗称猫头鹰。 ③ 白衣：古未仕者着白衣，犹后世之布衣。故用白衣或布衣称没有功名之人。 ④ 载酒：凡酒在尊、牲在俎(zǔ)皆曰载。

轧哀筝。　　不随燕燕莺莺[⑤]，也不学、时禽变声[⑥]。明月清风，繁霜积雪，四季三更。

⑤ 燕燕莺莺：燕子与黄莺。 ⑥ 时禽：指应时而鸣的鸟。

（汪泰陵　蔡惠瑛）

柳　梢　青[①]

鹊

【题解】

和猫头鹰相反，喜鹊在我国从来就属逗人喜爱的鸟类，因为它的出现，似乎总是伴随着喜庆和吉祥。这首词并不亦步亦趋，人云亦云，而是用极为通俗、形象的语言，痛斥了"鹊"阿谀逢迎、欺哄瞒骗的卑劣伎俩。无论在作者生活的年代，还是今天，对于"鹊"这样的宵小之辈，其实都是有力的当头棒喝。

不解呀呀，何曾呖呖[②]，只管喳喳[③]。对闷人喑[④]，对闲人默，对闹人哗[⑤]。　　惯绐儿女人家[⑥]，趁昨夜、红灯结花[⑦]。怜比猧

① 选自《南涧词选》。 ② 呖呖：鸟类清脆的叫声。 ③ 喳喳：特指喜鹊的叫声。 ④ 喑(yīn)：哑。 ⑤ 闹人：有钱有势的显赫人家。因门常有客，宴会常年不断，故曰"闹人"。哗：喧哗。 ⑥ 绐(dài)：欺骗。 ⑦ 红灯结花：指灯心的余烬，爆成花形。古人以灯花为吉兆。

儿[8]，爱同蟢子[9]，恼杀慈鸦[10]。

⑧ 猧(wō)儿：小狗。 ⑨ 蟢(xǐ)子：蜘蛛的一种。又名壁蟢、壁钱、喜子。 ⑩ 慈鸦：即慈乌，乌鸦的一种。相传这种乌能反哺其母，故称慈鸦。

（汪泰陵　蔡惠瑛）

渔　家　傲[1]

后湖晚眺

【题解】

后湖即玄武湖，在江苏南京市东北玄武门外，又称练湖，自东晋以来，即为游览胜地。朱元璋时，后湖便成了朱明王朝在南京庋(guǐ)藏宫廷要籍和档案文书之处。风景名胜一时变成了宫禁要地。清初，后湖又成为人们嬉戏游玩之地。而旧朝要典(即黄库册纸)亦无需保存，将作为废纸变卖出售。作者有感于此，写下了这首词作。全词哀感万端，一往情深，实为不可多得的名篇。

金粉江山残纸价[2]，花间渔笛吹来也。城上角声城下马，才洗

① 选自《南涧词选》。 ② 金：花钿(diàn)；粉：指铅粉，二者皆为妇女梳妆用品。古代诗、词咏妇女事多用之。六朝故都，皆因荒淫无度而短命，所以，咏六朝事常以"金粉六朝"称之。金粉江山即沿用此意。残纸价：作者自注："黄库册纸尽卖。"黄库册纸指旧朝的要典。

罢，鸣髇争睹游鳞射[3]。　　落日半边林外挂，碧荷翠菼荒潮打[4]。叶叶小舠收远汊[5]，乌栖夜，归飞犹认鸳鸯瓦。

③ 髇(xiào)：即鸣镝，又称响箭；游鳞：游鱼。此为倒装句，即"争睹鸣髇射游鳞"的倒装。④ 菼(tǎn)：草名。似苇而小，实中，即初生之荻。⑤ 汊(chà)：分支的小河。如汊港、湖汊、河汊。

（汪泰陵　蔡惠瑛）

梁佩兰(1629—1705)　字芝五,号药亭,广东南海人。清康熙二十七年(1688)进士,改庶吉士。诗与屈大均、陈恭尹并称“岭南三家”。著有《六莹堂诗余》。

点　绛　唇[①]

送友人

【题解】

这是一首赠别词,送友人自京师归江南。这首词一反同类题材作品中愁苦之调,豪爽精炼,清新洒脱。

蓟北归帆[②],江乡直溯秋潮去。玉鲈肥处[③],饱听菰蒲雨。
一度春来,邓尉山中住[④]。梅花侣,吴姬笑许[⑤]。斜倚吴箫语。

---

① 选自《全清词钞》。 ② 蓟北:古地名,在今北京。 ③ 玉鲈:因鲈鱼色白如玉,故名。 ④ 邓尉山:在江苏吴县西南七十里。因汉代邓尉隐居此地,故名。 ⑤ 吴姬:吴地的美女。此两句用苏轼《王伯敭所藏赵昌花·梅花》“殷勤小梅花,仿佛吴姬面”句意。

（吴　强）

朱彝尊(1629—1709)　字锡鬯(chàng),号竹垞(chà),又号金风亭长、小长芦钓鱼师,浙江秀水(今嘉兴)人。清康熙十八年(1679)举博学鸿词科,授检讨,寻入直南书房。词宗姜夔、张炎,风格醇雅清空,为浙西词派的创始者,与陈维崧合称朱陈。著有《曝书亭集》。

高　阳　台①

【题解】

这首词以清新流利的笔调,叙述了一个凄婉动人的爱情悲剧,成功地刻画了封建社会中热烈追求爱情和幸福的少女形象,歌颂了生死不渝的爱情。上片写少女相思之痛,下片言男子悼念之情。陈廷焯评为“凄警绝世”(《别调集》)。这首词当时曾被广泛传诵。

吴江叶元礼,少日过流虹桥。有女子在楼上,见而慕之,竟至病死。气方绝,适元礼复过其门。女之母以女临终之言告叶。叶入哭,女目始瞑。友人为作传,余记以词②。

桥影流虹,湖光映雪,翠帘不卷春深。一寸横波③,断肠人在楼

---

① 选自《曝书亭词》。② 叶元礼:叶舒崇(1640—1678),字元礼,清初名诗人。江苏吴江人。康熙丙辰(1676)进士,官中书舍人。流虹桥:在吴江县城外同里镇。 ③ 横波:喻眼神流动如水波。此句化用汉傅毅《舞赋》“目流睇而横波”句,及宋赵令畤《蝶恋花》“恼乱横波一寸”句。

阴。游丝不系羊车住④,倩何人、传语青禽⑤?最难禁。倚遍雕阑,梦遍罗衾。　　重来已是朝云散⑥,怅明珠佩冷⑦,紫玉烟沉⑧。前度桃花,依然开满江浔⑨。钟情怕到相思路,盼长堤草尽红心⑩。动愁吟。碧落黄泉,两处难寻⑪。

---

④ 游丝:空中飘动的蛛丝。羊车:用晋卫玠“乘羊车入市,见者皆以为玉人”的典故。⑤ 青禽:指相传为西王母使者的青鸟。这两句是说既无法留住情人,又无由传递消息。⑥ 朝云:用巫山神女之典。此句言叶元礼重来时,少女如同巫山神女化作一片朝云消散了。⑦ 明珠佩冷:典出《列仙传》,郑交甫遇二女解佩珠相赠,回头顾望间二女已不见,佩珠也失落。⑧ 紫玉烟沉:据干宝《搜神记》,吴王夫差小女紫玉爱慕韩重,未如愿而死。后魂归,吴王夫人抱之如烟。⑨ 前度桃花:化用唐崔护“人面桃花”的故事。江浔(xún):江边。⑩ 草尽红心:典出《异闻录》:“王生梦侍吴王,闻葬西施,生应教为诗曰:‘满地红心草,三层碧玉阶。春风无处所,凄恨不胜怀。’”⑪ 碧落黄泉,两处难寻:用白居易《长恨歌》“上穷碧落下黄泉,两处茫茫皆不见”句意,言天上地下难寻情人的踪影。

（吴　强）

桂殿秋①

【题解】

这是一首爱情词。作者叙写了对往日恋情的一段回忆。在江行舟中的特定环境中,一对相互思慕者虽然同行,却无缘结合。“共眠一舸听秋雨,小簟轻衾各自寒”,暗示

---

① 选自《曝书亭词》。

了他们“咫尺天涯”的心理感受。这首词清疏空灵，醇雅含蓄。况周颐认为这首词是一代“佳构”（《蕙风词话》）。

思往事，渡江干[2]。青蛾低映越山看[3]。共眠一舸听秋雨，小簟轻衾各自寒。

---

② 江干：江边。③ 青蛾：女子眉黛。越山：泛指浙江一带的山。看（kān）：读平声。此句既言江水低映越山的倒影，宛如女子眉黛，又言舟中女子在凝视水中越山。

（吴　强）

卖　花　声[1]

雨花台

【题解】

这首词是作者游览南京雨花台的悼古伤今之作。南京是六朝古都，明太祖朱元璋和南明福王朱由崧也曾建都于此。词通过南京衰败零落的景象，表现出凄凉的感受，抒发了历史沧桑的感慨，寄托了作者的故国之思。此词气韵沉雄，声调健朗。谭献评为“声可裂竹”（《箧中词》）。

---

① 选自《曝书亭词》。

衰柳白门湾[②]，潮打城还[③]。小长干接大长干[④]。歌板酒旗零落尽[⑤]，剩有渔竿。　　秋草六朝寒，花雨空坛[⑥]。更无人处一凭阑[⑦]。燕子斜阳来又去[⑧]，如此江山。

---

② 白门：南朝刘宋都城建康（南京）的西门，后指代南京。 ③ 用刘禹锡《石头城》“山围故国周遭在，潮打空城寂寞回”诗意。 ④ 小长干、大长干：古里巷名，故址在今南京城南。 ⑤ 歌板：奏乐唱曲时用的拍板。 ⑥ 花雨空坛：指雨花台。 ⑦ 化用李煜《浪淘沙》“独自莫凭栏，无限江山”句。 ⑧ 化用刘禹锡《乌衣巷》：“朱雀桥边野草花，乌衣巷口夕阳斜。旧时王谢堂前燕，飞入寻常百姓家。”

（吴　强）

消　息[①]

度雁门关

【题解】

这是一首登临怀古词，作者于康熙四年（1665）春西出雁门关时作。雁门关在山西代县北部，是我国古代北方重镇。上片写雁门关的险要形势和荒凉景色。下片追怀当年驰名雁门关一带的历史人物，感叹世态、人情古今如此。最后以作者的萧条旅况作结。这首词在艺术上的特色，一是“以吊古之情写旅人眼中之景，无一字不精神”（陈廷焯《云韶集》）；二是属对工整，如：上片“乱水滹沱”对“层霄冰雪”，“画角吹愁”对“黄沙拂

---

① 选自《曝书亭词》。

面”;下片“猿臂将军”对“鸦儿节度”,“有限春衣”对“无多山店”。此外,一句中“斜阳”对“瘦马”,“雨丝”对“烟絮”。

千里重关②,凭谁踏遍,雁衔芦处③?乱水滹沱④,层霄冰雪,鸟道连勾注⑤。画角吹愁,黄沙拂面,犹有行人来去。问长途、斜阳瘦马⑥,又穿入、离亭树⑦。　猿臂将军⑧,鸦儿节度⑨,说尽英雄难据⑩。窃国真王⑪,论功醉尉⑫,世事都如许。有限春衣⑬,无多山店,酹酒徒成虚语。垂杨老,东风不管,雨丝烟絮⑭。

---

② 重(chóng)关:层叠的关口。③ 雁衔芦:传说雁衔芦而飞。④ 滹(hū)沱:河名,源出山西,流经河北入海。⑤ 鸟道:飞鸟的通道,极言山路高险。勾注:即雁门山。因山形勾转,水势流注得名。⑥ 化用马致远《天净沙》:“古道西风瘦马,夕阳西下,断肠人在天涯。”⑦ 离亭:即送行告别之处的长亭、短亭。⑧ 猿臂将军:即汉代名将李广。⑨ 鸦儿节度:指唐代河东节度使李克用。《五代史·唐本纪》载:“李克用少骁勇,军中号曰李鸦儿。”⑩ 英雄难据:此句言英雄人物终被时间所淘汰。⑪ 用《庄子》“彼窃钩者诛,窃国者为诸侯”句意,言李克用因窃国而成真王。⑫ 论功醉尉:用李广受阻于亭尉之典。言李广因未封侯受人歧视。⑬ 用杜甫《曲江》“朝回日日典春衣,每日江头尽醉归”句意,言欲典衣买酒而苦春衣不多。⑭ 雨丝烟絮:春雨如丝,柳絮如烟。

(吴　强)

解　佩　令[①]

自题词集

【题解】

这是作者自题词集之作。作者是浙西词派的开山之祖，这首词回顾了壮志难酬的遭遇，阐明填词传恨的宗旨，揭示自己的艺术风格，即不学秦观的柔婉，不学黄庭坚的奇崛，而学张炎的清空。“醇雅清空”也是浙西派词人共同的特点。

十年磨剑[②]，五陵结客[③]，把平生、涕泪都飘尽。老去填词，一半是、空中传恨[④]。几曾围、燕钗蝉鬓[⑤]？　　不师秦七[⑥]，不师黄九[⑦]，倚新声、玉田差近[⑧]。落拓江湖，且分付、歌筵红粉[⑨]。料封侯、白头无分！

---

① 选自《曝书亭词》。 ② 贾岛《剑客》：“十年磨一剑，霜刃未曾试。”比喻长期下苦功夫。 ③ 五陵：汉代皇帝的五座陵墓，在长安附近。后指称豪门贵族聚居之地。五陵结客：言交朋友很多。 ④ 空中传恨：典出宋惠洪《冷斋夜话》：“法云师尝谓鲁直曰：‘诗多作无害，艳歌小词可罢之。’鲁直曰：‘空中语身，非杀非偷，终不坐此堕恶道。’” ⑤ 燕钗蝉鬓：二者都指代歌女。 ⑥ 秦七：秦观，因排行第七而称。 ⑦ 黄九：黄庭坚，因排行第九而称。 ⑧ 倚新声：指填词。玉田：张炎，字叔夏，号玉田。 ⑨ 红粉：指歌女。

（吴　强）

长亭怨慢[1]

雁

【题解】

这是一首咏雁词。作者通过描写群雁南飞时惶惶惊惧的心理，抒发了异乡沦落、身世坎坷的感慨，同时寄托了对南迁流民深切的同情。陈廷焯认为这首词“以凄切之情，发哀婉之调，既悲凉，乂忠厚”(《白雨斋词话》)。

结多少、悲秋俦侣[2]，特地年年，北风吹度。紫塞门孤[3]，金河月冷[4]，恨谁诉？回汀枉渚[5]，也只恋、江南住。随意落平沙，巧排作、参差筝柱。　别浦，惯惊移莫定，应怯败荷疏雨。一绳云杪[6]，看字字、悬针垂露[7]。渐欹斜[8]、无力低飘，正目送、碧罗天暮[9]。写不了相思[10]，又蘸凉波飞去。

---

① 选自《曝书亭词》。② 俦(chōu)侣：伴侣。③ 紫塞：北方边塞。崔豹《古今注·都邑》：“秦筑长城，土色皆紫，汉塞亦然。”④ 金河：又名金川，即今大黑河，在内蒙古境内入黄河。⑤ 汀(tīng)、渚(zhǔ)：水中小洲。枉：弯曲的形状。⑥ 云杪(miǎo)：高空。一绳云杪：雁群在高空中像拉直的绳子，排成“一”字。⑦ 悬针、垂露：篆书有“悬针篆”、“垂露篆”两体。雁群在空中的队形，就像书法中“悬针垂露”的笔画。⑧ 欹(qī)斜：倾侧不平。⑨ 碧罗天：碧云天。⑩ 写不了相思：化用张炎《解连环·孤雁》“写不成书，只寄得相思一点”句意。

(吴　强)

董以宁(1630—1669)　字文友,号宛斋,江苏武进(今常州)人。明末为诸生时,年未及冠,与陈维崧、邹祗谟并有"才子"之称。性豪迈慷慨,喜交游、重然诺。有诗文各二十卷,尤工填词,著有《蓉渡词》三卷。

满　江　红[1]

乙巳中秋述哀[2]

【题解】

这是一首中秋之夜悼念亡母的词作,上片追忆高堂在日,中秋节阖家团聚的欢乐,以及慈母对自己的关心、疼爱。下片写又逢中秋,物是人非,孑然一身的孤苦,表达了对亡母的深切怀念。全词想落天外,凄切哀怨。语言通俗,明白如话,更增强了艺术魅力。

记得当初,向膝下、时时欢笑。到此际、剖菱剥芡[3],团圆偏好。正待月华犹未冷,高堂已虑金风悄[4]。命小鬟、传语早添衣,频频道。

今夜月,依然皎。今夜冷,凭谁告。念繐帷寂寞[5],乌鸦飞噪。欲问冰轮回地底,可能还向慈颜照[6]。奈夜台、一去半年余,无消耗[7]。

---

① 选自《蓉渡词》。② 乙巳中秋:康熙四年(1665)中秋节。作者在这一年,每逢节日,总要写下一些述哀的词章,用以表达对去世不久的母亲的怀念。这是其中的一首。③ 菱、芡:成熟于秋季的江南水产果品。④ 此两句意为:中秋赏月尚未感到凉意,父母已经考虑到秋风悄临了。⑤ 繐(suì)帷:灵帐。⑥ 冰轮:喻明月。⑦ 夜台:本指坟墓,亦指阴曹地府。消耗:消息、音讯。

(汪泰陵　蔡惠瑛)

贺 新 郎[①]

淮阴祠[②]

【题解】

韩信在历史上是一个有名的悲剧人物。他为刘汉王朝的建立立下赫赫战功，功封楚王。但终为吕后所杀。作者有感于此填这首词。上片慨叹韩信“为汉空奔走”的一生，并指出汉王室“终烹功狗”的根本原因。下片在充分肯定韩信业绩的同时，谴责了吕后对功臣的陷害。最后用“刘郎宫寝埋荒草，喜将军、庙祀终难朽”这一鲜明对比，告慰韩信的在天之灵。全词议论纵横，对韩信的一生颇多新警不俗的评价。

为汉空奔走，叹当年、追猴逐鹿[③]，终烹功狗[④]。留侯曲逆虽阴诈[⑤]，吕雉之谋多有[⑥]。算此际、高皇身后[⑦]，平勃区区都易与[⑧]，怕将军、武悍还如旧。因中祸，君知否？　国士无双称善斗。奈英雄、漂母寄餐，未央授首[⑨]。书生于此终疑诧，何事英风射斗。生死出、妇人之手[⑩]。刘郎宫寝埋荒草[⑪]，喜将军、庙祀终难朽[⑫]。君休

---

① 选自《蓉渡词》。 ② 淮阴祠：供奉韩信塑像的庙堂。 ③ 逐鹿：汉班彪《王命论》：“……游说之士，至比天下于逐鹿，幸捷而得之。”《注》引《六韬》：“取天下若逐野鹿；得鹿，天下共分其肉。”后因称国家分裂之时，争夺天下为逐鹿。 ④ 终烹功狗：比喻事成后即杀掉有功之人。 ⑤ 留侯：张良的封爵。曲逆：陈平的封爵。 ⑥ 吕雉：吕后。 ⑦ 高皇：刘邦。刘邦死后，群臣上尊号为高皇帝。 ⑧ 平勃：丞相陈平和太尉周勃。与：对付。 ⑨ 韩信在未央宫被杀。 ⑩ 斗：北斗。这句谓英勇气概直射星斗的豪杰，其生死却系于妇人之手？即当年用饭食为韩信充饥，使之得免一死的是一位妇人漂母；而后来设计杀害韩信的，也还是一个妇人吕后。 ⑪ 刘郎宫寝：指刘汉王朝当年的宫殿，坟墓。 ⑫ 庙祀：此指淮阴祠。

信，蒯通口[13]。

⑬ 蒯(kuǎi)通口：蒯通，本韩信谋士，善辩多机谋。吕后除掉韩信，刘邦欲杀蒯通，他竟然诡辩得免，故说这个人不能相信。

（汪泰陵　蔡惠瑛）

屈大均(1630—1697)　初名绍隆,字翁山,又字介子,广东番禺人。明末诸生。清兵入广州前后,曾参加抗清队伍,失败后削发为僧,法名今种,字一灵,一字骚余。不久还俗,更今名。工诗,为“岭南三大家”之一。有《道援堂集》。

梦江南[①](四首选二)

【题解】

这是两首典型的遗民词。屈大均曾多次参加反清复明的斗争,但最终均以失败告终。对故明王朝的无限深情,促成他写下了不少词作,抒发满腔的悲愤,表达不愿作顺民的思想。这两首《梦江南》即包含了这样的感情。全词凄婉哀怨。实为“一字一泪”(叶恭绰语)的泣血之作。特别是“纵使归来花满树,新枝不是旧时枝。且逐水流迟”几句,更是蕴含丰富,读后使人回味无穷。

悲落叶,叶落落当春。岁岁叶飞还有叶,年年人去更无人。红带泪痕新。

悲落叶,叶落绝归期。纵使归来花满树,新枝不是旧时枝。且逐水流迟。

---

① 选自《道援堂集》。

(汪泰陵　蔡惠瑛)

长 亭 怨[1]

冬夜与李天生宿雁门关作

【题解】

这是一首写冬日雁门关的词作。作者常年远游于边关绝塞，故其词常展现出一种空间开阔的悲壮情韵。词上片写景，写塞上苦寒以及由此而起的乡愁。下片通过对赵武灵王的凭吊和“沙飞似箭”的景物描写，表达了作者“收拾秦弓归去”的无可奈何的思想。严迪昌在《清词史》一书中，对此词评价甚高：“纵横排荡，尽扫倚声家常话套语，纯以气韵运转，情溢毛锥。最难得的是精炼凝重而又多用白描口语，故而情景皆充满活力生气。”

记烧烛、雁门高处，积雪封城，冻云迷路。添尽香煤[2]，紫貂相拥夜深语[3]。苦寒如许，难和尔、凄凉句。一片望乡愁，醉不到、垆头驼乳[4]。　何处？问长城旧主，但见武灵遗墓[5]。沙飞似箭，乱穿向、草中狐兔。那能使、口北关南[6]，更重作、并州门户？且莫吊沙场，收拾秦弓归去。

---

① 选自《道援堂集》。② 香煤：即煤。香为称美之词。③ 紫貂：此处指用紫貂皮做成的皮衣。④ 垆头：指酒店。⑤ 武灵：即赵武灵王，战国时赵国国君，名雍。公元前325—前299年在位。赵武灵王二十四年(前302)进行军事改革，改穿胡服，学习骑射。陆续攻灭中山国，攻破林胡、楼烦，国势大盛。二十七年传位给王子何(即赵惠文王)，自称主父，后在内讧中被李兑围困于沙丘宫，饿死，葬于代郡(今属山西大同)灵丘县之东南山。赵武灵王亦为赵长城的主要修筑策划者。⑥ 口北：长城关隘多以口为名。如张家口、喜峰口等。这里“口”指张家口；口北，指张家口以北的地区。关：指雁门关；关南，指雁门关以南。

(汪泰陵　蔡惠瑛)

万树(1630？—1688)　字红友，又字花农，号山翁。江南宜兴(今属江苏)人。清康熙年间，先后在福建、广东任两广总督吴兴祚的幕僚，直至病卒。万树才情卓绝，勤于著作，有传奇、杂剧二十余种；并成《词律》二十卷，共收唐、宋、金、元词六百六十调，一千一百八十余体。校订平仄音韵、句法异同，实为词史上的一大贡献。其词有吴秉钧编选的《香胆词选》。

生　查　子[①]

家　书

【题解】

万树少时遭变乱，家境清寒，因生计而长期四方飘泊，故家书在作者心目中的地位就可想而知了。这首题作《家书》的《生查子》词，不事雕琢，通俗易懂，自然晓畅，用上片的“百度家书寄”和下片的“索性没家书，省得书中泪”作对比，平叙中峰峦陡起。愁肠百结的沉重之情，反出以轻松之笔，足见作者艺术造诣的精深。

三载住京华，百度家书寄[②]。为念孟光愁[③]，不尽丁宁意。

今日离乡关[④]，回首无牵系[⑤]。索性没家书[⑥]，省得书中泪。

---

① 选自《香胆词选》。② 度：次，回。百度：言次数之多。③ 孟光：东汉梁鸿妻，为贤妻的典型。④ 乡关：故乡。⑤ 牵系：牵挂，系念。⑥ 索性：干脆。

（汪泰陵　蔡惠瑛）

醉花间[1]

相送

【题解】

这也是一首以纯情自然见长的送别词。上片写依依不舍的送别场面及离愁别绪。下片写主人公的美好愿望，天冷河冻，行船无法前进，盼望做一个“梦”，以寄托对亲人的相思之苦。全词感情真挚细腻，一气贯通，朴实通俗，可见古乐府及南北朝民歌对作者词作的影响。

难相送，不相送，相送难相共。君已满囊愁，添带侬愁重。河澌今夜冻[2]，雀舫移难动[3]。长亭路未遥，易入红楼梦。

---

① 选自《香胆词选》。 ② 河澌：河水中的流冰。 ③ 雀舫：小船。

（汪泰陵　蔡惠瑛）

苏幕遮[1]

【题解】

这是写一对恋人即将分手的词作。上片写临别之夜饮酒饯别以及浓重的离愁，下

---

① 选自《香胆词选》。

片写女主人公情怀的坦露、对恋人的叮咛，表达了未别即盼归的复杂心情。全词缠绵绯恻，柔情缱绻，特别是万树所创“堆絮体”的顶针叠句的运用，更增强了词的韵味和主人公情怀的表达。这是作者擅长作曲的结果，但必须指出的是，这是词而不是曲，也不是词曲混杂体，而是作者的新创，所以可贵。

彩分鸾②，丝绝藕。且尽今宵，且尽今宵酒。门外《骊驹》歌一奏③。恼杀长亭、恼杀长亭柳。　　倚秦筝，扶楚袖，有个人儿，有个人儿瘦。相约相思须应口，春暮归来，春暮归来否？

---

② 此句意谓：成双的彩鸾分开了。③《骊驹》：逸诗篇名。古代客人的告别之歌。

（汪泰陵　蔡惠瑛）

吴兆骞(1631—1684)　字汉槎，江苏吴江人。清顺治十四年(1657)举人。以科场案流放宁古塔，戍边二十三年，得顾贞观、徐乾学、纳兰性德合力援救，于康熙二十年(1681)放还。其今存诗词多写塞外风光、怀乡心境。著有《秋笳集》。

念　奴　娇[①]

家信至有感

【题解】

这首词是作者在塞外接到家信时的怀乡思家之作。上片以冰雪严寒的塞外与绿杨烟缕的江南对比，写谪戍生活之苦。下片以现实的残酷与梦境的温馨对比，写两地相思之苦。这首词悲凉慷慨，于凄清中有豪放之致。

牧羝沙碛[②]。待风鬟、唤作雨工行雨[③]。不是垂虹亭子上[④]，休盼绿杨烟缕。白苇烧残，黄榆吹落，也算相思树[⑤]。空题裂帛[⑥]，迢迢南北无路。　　消受水驿山程，灯昏被冷，梦里偏叨絮[⑦]。儿女心肠英雄泪，抵死偏萦离绪。锦字闺中，琼枝海上[⑧]，辛苦随穷戍。

① 选自《秋笳集》。 ② 羝：公羊。此用苏武牧羊北海的故事以自喻。沙碛(qì)：沙漠荒凉之地。 ③ 风鬟：代指妇女。雨工行雨：典出陈翰《异闻集》："柳毅见妇人牧羊，问之，曰：'此非羊，雨工也。'问：'何谓雨工？'曰：'雷霆之属也。'" ④ 垂虹亭：在江苏吴江县东。 ⑤ 相思树：即红豆。王维《相思》诗："红豆生南国，春来发几枝。愿君多采撷，此物最相思。" ⑥ 裂帛：撕裂布帛为书函。 ⑦ 叨絮：话多而连接不断。 ⑧ 锦字：指前秦苏蕙织锦为回文

紫车冰雪⑨，七香金犊何处⑩？

诗寄其夫窦滔之事。琼枝：传说中的玉树。这两句用明杨慎“易求海上琼枝树，难得闺中锦字书”诗意。 ⑨ 柴车：简陋无饰的车子。 ⑩ 七香：即七香车，用多种香料涂饰或用多种香木制成的车，泛指华美的车。金犊：黄犊。

（吴 强）

吴文柔(生卒年不详)　字昭质,江苏吴江人。吴兆骞的妹妹,杨焯的妻子。著有《桐听词》,已佚,词仅见于选本。

谒　金　门[①]

寄汉槎兄塞外

【题解】

这是作者寄给她哥哥吴兆骞吐诉离情的一首词。“谁遣雁行南北?”一句,女词人愤怒谴责制造科场案使其兄蒙受冤屈的满清统治者。最后两句,表露了作者盼兄归来的骨肉深情。这首词感情真挚,浓烈,韵味绵长。

情恻恻[②],谁遣雁行南北[③]?惨淡云迷关塞黑[④],那知春草色[⑤]?

细雨花飞绣陌[⑥],又是去年寒食。啼断子规无气力,欲归归未得。

---

① 选自《全清词钞》。 ② 恻恻(cè):伤痛。用杜甫《梦李白》“死别已吞声,生别常恻恻”句意。 ③ 雁行(háng):比喻兄弟。意即兄长弟幼,年齿有序,如雁之平行而有次序。雁行南北:比喻兄妹分离。 ④ 关塞黑:语出杜甫《梦李白》:“魂来枫林青,魂返关塞黑。” ⑤ 春草色:用江淹《别赋》“春草碧色,春水绿波”句意。 ⑥ 绣陌:江南阡陌美如锦绣。

（吴　强）

彭孙遹(yù)(1631—1700)　字骏孙,号羡门,又号金粟山人。浙江海盐人。清顺治十六年(1659)进士。康熙十八年(1679)举博学鸿词,试擢第一,授翰林院编修。累官吏部右侍郎,兼翰林院掌院学士。才学富瞻,工诗,尤善填词,与王士祯齐名,时号"彭、王"。有《延露词》三卷及《金粟词话》《词统源流》《词藻》等。

忆王孙[①]

寒食

【题解】

这是一首抒写春愁怀人的词作,也是作者小令的代表作之一。清明寒食,男女相携踏青,自古词人多有吟咏者。这首词别开异径,描写女主人公在梨花盛开、柳絮飘飏的时节,因亲人远在天涯不能归家,只能独自"闲倚高楼看乱鸦"的百无聊赖的情怀。结束"风雨年年葬落花"句,更是写得凄清哀婉,情深语俏。

梨云婀娜柳云斜[②],闲倚高楼看乱鸦,惆怅王孙天一涯[③]。不归家,风雨年年葬落花。

---

① 选自《延露词》。② 梨云婀娜:谓盛开的梨花柔美而多姿,灿如云霞。柳云斜:形容随风飞散的柳絮飘逸多姿。③ 王孙:泛指离家远游的人。

(汪泰陵　蔡惠瑛)

玉 楼 春[①]

五日饮虎丘山下题壁[②]

【题解】

这是一首感念仕途艰难的词作。作者虽然仕途顺畅，但在封建社会，对大多数跻身仕途的人来说，道路并不平坦。作者面对这一客观现实，感慨良多，故而写下了这首《玉楼春》词。词的下片“偏使鸡鸣狗盗生，却令赋客骚人死”两句尤为警策，表达了词人的一腔悲愤，满腹牢骚。词作正是在这一“生”一“死”的对比中，揭示了我国封建社会中吏治的腐败及黑暗。与晋左思的“世胄蹑高位，英俊沉下僚”（《咏史》）有异曲同工之妙。

越衣当暑清风至[③]，芒鞋偶过云岩寺[④]。虎丘山下故人家，能倒金樽留我醉[⑤]。　　醉后难平多少事，仰天欲问天何意。偏使鸡鸣狗盗生[⑥]，却令赋客骚人死[⑦]。

---

① 选自《延露词》。 ② 虎丘山：在江苏苏州市西北阊门外。相传春秋时吴王阖闾葬于此，三日有虎踞其上，故名。为苏州名胜。 ③ 越衣：用越地所产之布裁制的衣服。 ④ 芒鞋：草鞋。云岩寺：在苏州虎丘山上。 ⑤ 金樽：此处指酒。 ⑥ 鸡鸣狗盗：战国时，齐孟尝君门客因鸡鸣狗盗之技得以脱秦事。 ⑦ 赋客骚人：此谓有才学、有识见之士。这两句的意思是说：老天爷偏偏让那些鸡鸣狗盗之徒活得趾高气昂，却使那些有才学、有见识的文人学士老死蓬蒿。

（汪泰陵　蔡惠瑛）

曹贞吉(1634—1698)　字升阶,又字升六,号实庵,山东安邱人。康熙三年(1664)进士,考授内阁中书,出为徽州府同知,官礼部郎中。以疾辞湖广学政归里。其怀古、咏物诸词,为当时所推重。有《珂雪词》二卷、补遗一卷,《咏物十词》一卷。

留客住①

鹧鸪

【题解】

曹贞吉是清初咏物词的名家。其咏物词最大的特点是"皆取闻见所及",所以其词往往寄慨深沉,内涵丰富,影响深远。这首词是曹贞吉与李良年的唱和之作,是怀念远在贵州任巡抚而于"三藩"乱中下落不明的弟弟曹申吉。此题经曹贞吉首唱后,在京华迅速传开,和应众多。这首词用鹧鸪起兴,突出了当时湘黔一带五溪的景物,以及荒凉偏僻、远离中原的特点。结尾于遥思深虑中宕开一笔,对当年曾经挣扎于滇桂一带的南明永历政权作了怀想。全词雄浑苍茫,语多奇气,字里行间颇多"投荒念乱之感"(谭献《箧中词》语)。

瘴云苦②。遍五溪、沙明水碧③,声声不断,只劝行人休去④。

---

① 选自《珂雪词》。② 瘴云:旧指我国南部和西部地区山林间,湿热蒸发致人疾病之气。③ 五溪:指武陵五溪,即雄溪、樠(mán)溪、无溪、酉溪、辰溪,在今湘西、黔东一带。④ 只劝行人休去:指鹧鸪的啼叫声,即"行不得也哥哥"。

行人古今如织，正复何事关卿，频寄语。空祠废驿，便征衫湿尽，马蹄难驻。　　风更雨。一发中原[5]，杳无望处。万里炎荒[6]，遮莫摧残毛羽[7]。记否越王春殿，宫女如花，只今惟剩汝[8]？子规声续，想江深月黑，低头臣甫[9]。

⑤ 一发中原：语出宋苏轼诗："青山一发是中原"。 ⑥ 炎荒：谓南方边远之地。 ⑦ 遮莫：尽管。 ⑧ "记否"三句：唐李白《越中怀古》诗："越王勾践破吴归，义士还家尽锦衣。宫女如花满春殿，只今惟有鹧鸪飞。" ⑨ 低头臣甫：用杜甫拜杜鹃事。杜甫《杜鹃》诗："我昔游锦城，结庐锦水边。有竹一顷余，乔木上参天。杜鹃暮春至，哀哀叫其间。我见常再拜，重是古帝魂。"又杜甫《北征》诗："臣甫愤所切。"

（汪泰陵　蔡惠瑛）

卖花声[1]

秋夜

【题解】

这是一首写秋夜难以成眠的作品。上片写景，下片抒情。通过对风声、雨声的渲染，对秋气、淡云的描画，为下片的抒情作了铺垫。结末的"不待成霜霜满鬓，短发星星"两句，不仅情态毕现，而且点明了抒情主人公"梦断魂惊"的原因。全篇"造语清朗，不减

① 选自《珂雪词》。

（汪泰陵　蔡惠瑛）

宋人”(陈廷焯语),明白晓畅,不用典实,足证作者表现手法的多样。

风紧纸窗鸣,秋气凄清。淡云笼月未分明。雨点疏如残夜漏,滴到三更。　　无计破愁城,梦断魂惊。一天黄叶雁纵横。不待成霜霜满鬓,短发星星。

贺新郎①

再赠柳敬亭

【题解】

清初,赠名艺人柳敬亭的词作多达百首以上。曹贞吉这首《贺新郎》词,亦为其中之一,并在全部“赠柳”词作中,是最称杰出的一首。这首词亦属“陶洗前朝之恨”(陈维崧语)的作品。上片赞扬了柳敬亭对世事阅历的深广,以及“六代风流归抵掌,舌下涛飞山走”的说评书的“谈天口”。下片写柳敬亭积极为南明弘光小王朝的大将军左良玉出谋划策,后左氏病死,柳敬亭不愿为新朝所用,暮年借酒浇愁、穷途潦倒的情况。全词“风华掩映,寄托遥深”(《四库全书珂雪词提要》),慷慨悲歌,包蕴最富。特别是形容柳敬亭口才的语句,绘声绘影,显示出作者超人的才情。

咄汝青衫叟②,阅浮生、繁华萧瑟,白衣苍狗③。六代风流归抵

① 选自《珂雪词》。② 咄:表示感叹词。③ 白衣苍狗:喻世事变幻无常。

掌④，舌下涛飞山走⑤。似易水、歌声听久⑥。试问于今真姓字，但回头、笑指芜城柳。休暂住，谈天口⑦。　　当年处仲东来后，断江流、楼船铁锁，落星如斗⑧。七十九年尘土梦，才向青门沽酒⑨。更谁是、嘉荣旧友⑩。天宝琵琶宫监在，诉江潭、憔悴人知否⑪？今昔恨，一搔首。

---

④ 抵掌：犹击掌。 ⑤ 舌下涛飞山走：形容柳敬亭说书绘声绘色，生动传神，极富感染力。 ⑥ 易水：指战国荆轲所唱《易水歌》。 ⑦ 谈天口：称赞柳敬亭能说会道。 ⑧“当年处仲”三句：晋王敦字处仲，王导从兄。晋元帝即位于建康，以敦总征讨之事，为镇东大将军，后死于扬州。这里显然是用处仲之事来比南明弘光小王朝的大将军、宁南侯左良玉。左氏曾起兵讨伐权奸马士英，军至九江，病卒。落星即指此事。 ⑨ 青门：汉长安城东南门。本名霸城门，俗因门色青，呼为青门。后泛指京城城门。 ⑩ 嘉荣：唐代著名歌手米嘉荣。⑪《楚辞·渔父》："屈原既放，游于江潭，行吟泽畔，颜色憔悴，形容枯槁。"此句是以被放逐后"江潭憔悴"的屈原和穷途潦倒的柳敬亭相比。

（汪泰陵　蔡惠瑛）

王士祯(1634—1711)　字子真,又字贻上,号阮亭,又号渔洋山人,山东新城(今恒台)人。清顺治十二年(1655)进士,次年授扬州推官,官至刑部尚书。谥文简。论诗创神韵说,其词亦韵味盎然。著有《带经堂集》,词集名《衍波词》,词话名《花草蒙拾》。

浣 溪 沙[①](二首)

红桥同箨庵、茶村、伯玑、其年、秋崖赋[②]

【题解】

这两首词描写扬州红桥一带美丽的风景,同时抒发了怀古之幽情。康熙元年(1662)六月十五日,作者与友人泛舟载酒,游于红桥附近,写作了这两首词。第一首词上片写红桥美景,下片抒怀古之情,化用杜牧《扬州》"炀帝雷塘土,迷藏有旧楼。谁家唱水调,明月满扬州"诗意。第二首词上片写近景,下片写远景,怀古之情寓于景物之中。

北郭青溪一带流[③],红桥风物眼中秋[④]。绿杨城郭是扬州。
西望雷塘何处是[⑤]?香魂零落使人愁。淡烟芳草旧迷楼[⑥]。

---

① 选自《衍波词》。② 红桥:在扬州城西北二里。箨庵:袁于令号,字令昭,吴县人,著有《西楼记》等传奇。茶村:杜濬号,字于皇,湖北黄冈人,著有《变雅堂集》。伯玑:陈允衡字,江西南昌人,著有《国雅词》。其年:陈维崧字。秋崖:朱克生号,江苏宝应人,著有《秋崖诗集》。③ 一带:形容溪水似带。④ 风物:风光、景物。⑤ 雷塘:在扬州北部。⑥ 迷楼:隋炀帝所建,故址在今扬州西北。

白鸟朱荷引画挠，垂杨影里见红桥。欲寻往事已魂消。　　遥接平山山外路[7]，断鸿无数水迢迢。新愁分付广陵潮[8]。

⑦ 平山：指平山堂，宋欧阳修为太守时所建。 ⑧ 广陵：即扬州。古扬州有曲江通长江，潮水可至。

（吴　强）

蝶　恋　花[1]

和漱玉词

【题解】

这是一首艳词，系和李清照《漱玉词》中的《蝶恋花》“暖雨晴风初破冻”词韵而作。这首词以一个独守空闺女子的口吻自述离愁。上片写女子孤寂无眠，下片回忆昔日与郎君的恩爱生活，最后又回到现实，以相思作结。这首词缠绵缱绻，谭献评为“深于梁陈”（《箧中词》）。

凉夜沉沉花漏冻。欹枕无眠，渐听荒鸡动[2]，此际闲愁郎不共。月移窗罅春寒重[3]。　　忆共锦裯无半缝[4]。郎似桐花，妾似桐花

① 选自《衍波词》。 ② 荒鸡：在半夜不按时而鸣的鸡声。 ③ 罅（xià）：裂缝。 ④ 锦裯：锦被。此句用晋杨方《合欢》诗“衣共双丝绢，寝共无缝裯”句意。

凤[5]。往事迢迢徒入梦，银筝断绝连珠弄[6]。

---

⑤ 桐花凤：据李德裕《画桐花凤扇序》："成都夹岷江矶岸，多植紫桐，每至春暮，有灵禽五色来集桐花，以饮朝露，谓之桐花凤。" ⑥ 连珠弄：曲名。河间杂弄有此曲。

（吴　强）

陈玉璂(1636—1699) 字赓明,号椒峰。清康熙六年(1667)进士,官内阁中书。弱冠之年文名即蜚声南北,凡天文、地志、兵刑、礼乐、河渠、赋役均悉心精研,时称俊才。其词清俊秀朗,有《耕烟词》三卷,又名《学文堂诗余》。

临 江 仙[①]

中 秋

【题解】

这首词明为写月,实为抒怀。词人以移情于景的手法,驰骋想象,勾勒了一幅天朗气清的中秋明月图,创造了凄清苍凉的意境,来表现自己忧愁愤懑的情怀。“无路访银槎”、“乘有平生骚句在”、“朗吟还到晓”,正是词人以上心境的真实写照。词作风格清俊秀朗,堪称中秋词的佳制。

佳景中秋秋正好,溪山不用钱赊[②]。谪仙今夜醉谁家?掉头明月里,无路访银槎[③]。　　剩有平生骚句在[④],断纨零素天涯[⑤]。四更牛斗又西斜[⑥],朗吟还到晓,露湿满庭花。

---

① 选自《耕烟词》。② 赊(shē):买物缓偿其价曰赊。③ 银槎:谓天河里供摆渡用的筏子。④ 骚句:此指作者发泄胸中忧愁的词作。⑤ 断纨零素:指破衣烂衫。⑥ 牛斗:指牛宿斗宿两星。

(汪泰陵　蔡惠瑛)

临江仙[1]

题周栎园先生画册[2]

【题解】

题画诗词往往无聊应酬者多，陈玉璂这首词读来却使人耳目一新。全词情景交融，情由景启。特别是“无语游人如欲语”、“听来几度落花声”两句，更是出人意表，道画图之所不能道。在清俊秀朗之中，平添了几分空灵之气。

春到江南浑欲老[3]，素笺收拾分明[4]。南宫北苑浪精评[5]，半篙春水白，数点暮山青。　无语游人如欲语，依稀雨骤风轻。听来几度落花声，情随双雁渡，梦断一江横。

---

① 选自《耕烟词》。② 栎(lì)园，周亮工的号。③ 浑：全，满，整。老：此指春老，犹言春深。④ 素笺：色白而华贵的小幅纸张。此处指周栎园的画册。⑤ 南宫：秦汉宫名。唐张守节《史记正义》引《括地志》：“南宫在雒州雒阳县东北二十六里洛阳故城中。”北苑：皇宫以北的园囿。此处以南宫北苑泛指周栎园画册中的楼阁亭台、水榭园囿，言其精美。浪，随意。

（汪泰陵　蔡惠瑛）

曹亮武(1637—?)　字渭公,号南耕,原名璜。江南宜兴(今属江苏)人,与陈维崧为中表兄弟。从舅父陈贞慧学,并受业于侯朝宗。少时工诗,作词是三十岁以后始为专诣。著有《南耕词》六卷,内含《岁寒词》一卷。

城　头　月[①]

月　下

【题解】

阳羡词人,从陈维崧开始,在创作中便摸索出了一条用雄放之笔写小令的经验。曹亮武填词虽然起步较晚,但也有不少为人所称道的小令,这首《城头月》即为其中一首,作于“三藩”战乱的康熙十五年前后。时康熙决意“削藩”,清封明降将靖南王耿仲明之孙耿精忠、平南王尚可喜之子尚之信、平西王吴三桂因不满清廷“削藩”的决定,先后反清,均为清政府平定。这首词便反映了清王朝和三藩军队对峙的情况。上片写景,勾画了一幅和平宁静的生活画面。下片写“楚汉重重帐”,战争烽火即将点燃,形成了极为鲜明的对比。全词清挺健举,“浪扑孤城响”一句特别值得玩味。

醉看月出无纤障[②],明镜团圞样[③]。几点渔舟,一行杨柳,浪扑孤城响。　　今宵定照军营上,楚汉重重帐[④]。战马酸嘶[⑤],戍楼悲

---

① 选自《南耕词》。② 纤障:细小的阻隔。③ 团圞(luán)圆貌。又作团栾。④ 楚汉:本指秦末的两大政治军事集团,这里借指三藩和清王朝军队对峙的情况。⑤ 酸嘶:此

角，愁绝天涯望。

谓战马因劳累而嗓音发哑。

（汪泰陵　蔡惠瑛）

摸鱼儿[①]

感旧

【题解】

这是一首悼亡之作。词的上片写爱妻不幸早逝，睹物伤情，怀念之情油然而生，一腔“幽恨”，始终无法“销歇”。下片写妻亡十年来的痛苦凄绝的情怀。“杜宇为啼血”正是这种心情的真实写照。全词情景交融，一往情深。“在清峻疏寒的风格底色上显现出一层层绵密悱恻的韵味”（严迪昌《清词史》）。与同时代词家纳兰性德的悼亡之作相比，毫不逊色。

怕东风、惹人肠断，瘦红肥绿时节[②]。小楼昔日凝妆处[③]，纵有花枝谁折？眉儿撮[④]。空记取、垂杨院落朦胧月。香残粉灭。剩壁上鸾笺，奁中凤翠，幽恨怎销歇。　十年事，梁燕至今能说。

① 选自《南耕词》。② 瘦红肥绿：谓春深时花稀而叶盛。③ 凝妆：盛妆。④ 撮：本指集拢。此处眉儿撮作皱眉意解。

（汪泰陵　蔡惠瑛）

繁弦听罢凄绝。明妃偏向燕支嫁，天把红颜埋没。魂恍惚。难诉尽、当初花底轻离别。画图频揭。怅弱影亭亭，竟随春去，杜宇为啼血。

顾贞观(1637—1714)　字华峰,号梁汾,江苏无锡人。康熙五年(1666)顺天举人,擢秘书院典籍。后馆纳兰明珠家,与纳兰性德交契。晚年还里,构积书岩,读书终老。其词善白描,重情致。著有《积书岩集》,词集有《弹指词》。

菩　萨　蛮[①]

早发星轺驿,是太行山绝顶处

【题解】

这是一首羁旅忆内词。作者夜宿山城孤馆,被巡夜的金柝声惊醒。黎明时分,鸡鸣、马嘶催促着作者起程。作者遥忆远方的妻子,她一定也苦梦惊心,思念远行的亲人。这首词情致真切:颇有韵味。

山城半夜催金柝[②],酒醒孤馆灯花落。窗白一声鸡,枕函闻马嘶[③]。　　门前乌桕树,霜月迷行处。遥忆独眠人,晓寒惊梦频。

---

① 选自《弹指词》。 ② 柝(tuò):巡夜打更用的梆子。 ③ 枕函:枕头。

(吴　强)

青　玉　案[①]

【题解】

这是一首登临抒怀词。上片，作者描绘出深秋夕照的景象。山水的自然美和战争造成的荒凉的反差中，流露出作者的易代之悲。下片直抒登临之感。作者的悲秋实包蕴着兴亡之痛。最后用“青娥”“鸳鸯瓦”等典故，表明了作者的悲情终不化。苍茫的景色和凝重的心情，使全词笼罩着悲凉的气氛。

天然一帧荆关画[②]，谁打稿[③]，斜阳下？历历水残山剩也[④]。乱鸦千点，落鸿孤咽，中有渔樵话。　　登临我亦悲秋者，向蔓草平原泪盈把。自古有情终不化。青娥冢上[⑤]，东风野火[⑥]，烧出鸳鸯瓦。

---

① 选自《弹指词》。② 荆、关：五代后梁时山水画家荆浩、关仝的并称。③ 打稿：起稿。④ 水残山剩：山河残破的景象。语出杜甫《陪郑广文游何将军山林》诗之五：“剩水沧江破，残山碣石开。”⑤ 青娥：妙龄少女。⑥ 东风野火：化用白居易《赋得古原草送别》诗：“野火烧不尽，春风吹又生。”

（吴　强）

金缕曲[①](二首)

【题解】

吴兆骞,字汉槎,清初诗人,与顾贞观私交笃厚,最称莫逆。顺治十四年(1657),吴兆骞因科场案蒙冤,后遣戍宁古塔(今黑龙江宁安)。顾贞观于康熙十五年丙辰(1676)第二次进京,求援于纳兰性德,以助汉槎赦还关内,未获即许。这年冬天,顾贞观以词代书,填写了这两阕《金缕曲》,遥寄宁古塔。第一首倾吐对塞外挚友的思念之情,表达了营救汉槎归还的决心。第二首追叙二人交情始末,劝慰汉槎多加保重,等待归来。这两首词沉郁悲凉,宛转反复;语出肺腑,肝胆相照。陈廷焯谓之为"千秋绝调"(《白雨斋词话》)。顾贞观在词后附注说:"二词容若见之,为泣下数行,曰:'河梁生别之诗,山阳死友之传,得此而三。此事三千六百日中,弟当以身任之,不俟兄再嘱也。'余曰:'人寿几何?请以五载为期。'恳之太傅,亦蒙见许,而汉槎果以辛酉入关矣。"

寄吴汉槎宁古塔,以词代书,丙辰冬寓京师千佛寺冰雪中作

季子平安否[②]?便归来、平生万事,那堪回首!行路悠悠谁慰藉[③]?母老家贫子幼。记不起、从前杯酒。魑魅搏人应见惯[④],总输他覆雨翻云手[⑤]。冰与雪,周旋久。　泪痕莫滴牛衣透[⑥]。数天涯、依然骨肉,

① 选自《弹指词》。 ② 季子:春秋时吴王寿梦之子季札,有贤名,称"延陵季子"。汉槎姓吴,故借作此称谓。 ③ 慰藉:安慰。 ④ 魑魅(chī mèi):传说中山林里能害人的怪物,也比喻邪恶的人。杜甫《天末怀李白》诗:"文章憎命达,魑魅喜人过。"魑魅搏人:寓有小人陷害之意。汉槎子振臣为《秋笳集》跋,谓其父"为仇家所中,遂遣戍宁古"。 ⑤ 覆雨翻云手:化用杜甫《贫交行》"翻手作云覆手雨"诗句,形容小人手段诡谲毒辣。 ⑥ 牛衣:用草或麻编制

几家能够[7]?比似红颜多命薄,更不如今还有。只绝塞、苦寒难受[8]。廿载包胥承一诺[9],盼乌头马角终相救[10]。置此札,君怀袖[11]。

我亦飘零久。十年来、深恩负尽,死生师友。宿昔齐名非忝窃[12],试看杜陵消瘦[13]。曾不减、夜郎僝僽[14]。薄命长辞知己别[15],问人生到此凄凉否?千万恨,为兄剖。　兄生辛未吾丁丑[16]。共些时、冰霜摧折,早衰蒲柳[17]。词赋从今须少作,留取心魂相守。但愿得、河清人寿[18]。归日急翻行戍稿[19],把空名料理传身后。言不尽,观顿首[20]。

的给牛御寒用的蓑衣。典出《汉书·王章传》:"初,章为诸生,学长安,独与妻居。章疾病,无被,卧牛衣中,与妻决,涕泣。" ⑦ 这两句是劝慰汉槎,虽然被谪戍边荒,但仍然全家团聚,还是很难得的。汉槎谪戍宁古塔四年后,其妻葛氏出关省夫,在戍所十余年。 ⑧ 绝塞:极远的边塞。《秋笳集》卷八《与计甫草书》:"塞外苦寒,四时冰雪。陶陶孟夏,犹著敝裘。身是南人,何能堪此。每当穹庐夜起,服匿晨持,鸣镝呼风,哀笳带雪,萧条一望,泣下沾衣。" ⑨ 廿载:汉槎蒙冤已二十年。包胥:申包胥,春秋楚大夫,为伍子胥的好友。伍子胥为报父兄仇欲覆楚。申包胥答:"我必存之。"后吴师陷楚都。申包胥入秦求兵,在秦廷痛哭七日,使秦发兵救楚。诺:许诺。这句表明词人一定要实践救汉槎的诺言。 ⑩ 乌头马角:典出《史记·刺客列传》索引:"燕丹求归,秦王曰:'乌头白,马生角,乃许耳。'"以比喻不能实现的事。全句意为,即使是困难重重,也要营救你。 ⑪ 札:信札。 ⑫ 宿昔:从前。忝(tiǎn)窃:谦词。反用杜甫《长沙送李十一衔》"李杜齐名真忝窃,朔云寒菊倍离忧"诗意。 ⑬ 杜陵:指杜甫。杜甫自称"杜陵野老"、"杜陵布衣"。这里作者以杜甫自喻。 ⑭ 夜郎:指李白。李白曾流放夜郎。这里借喻汉槎。僝僽(chán zhòu):受折磨。 ⑮ 薄命长辞:作者自悼亡妻。知己别:与吴汉槎分别。 ⑯ 兄生辛未吾丁丑:汉槎生于明崇祯四年辛未(1631),作者生于明崇祯十年丁丑(1637)。 ⑰ 蒲柳:水杨,比喻衰弱的体质。全句意为:在这段时间内,共受冰霜摧折,像蒲柳那样早衰。 ⑱ 河清人寿:古时传说黄河水千年一清,因以极言人之长寿。此祝汉槎健康长寿,平安归来。 ⑲ 行戍稿:指戍边时所写之稿。 ⑳ 观:顾贞观自指。顿首:此处为书信的格式,用于同辈或下对上的敬礼。

(吴　强)

秦松龄(1637—1714)　字汉石，又字次椒，号留仙，又号对岩，晚号苍岘山人，江苏无锡人。清顺治十二年(1655)进士，授检讨，后削籍。康熙十八年(1679)举博学鸿词，复授检讨，又因磨勘落职。著有《苍岘山人文集》，词集有《微云词》。

柳　梢　青①

即　事

【题解】

这是一首抒写离情别绪的词。作者借助“秋雨”、“秋心”、“秋色”等意象，叙写了离别的经过，寄寓天涯羁旅的惆怅。全词神韵曳宕，情味清幽。

小艇横斜，故园轻别，未是天涯。秋雨残灯②，秋心残酒③，秋色残花④。　　博山香袅窗纱⑤。梦断也、西陵路赊⑥。天外归云，水边去鸟，烟底浮家。

---

① 选自《全清词钞》。② 此句写话别。③ 此句述饯行。④ 此句点忆念。⑤ 博山：即博山炉的简称。因炉盖上的造型似传闻中的海中名山博山而得名。后作为名贵香炉的代称。⑥ 赊(shē)：遥远。

(吴　强)

纳兰性德(1655—1685)　原名成德，字容若，号楞伽山人，满洲正黄旗人。大学士明珠之长子。康熙十五年(1676)进士，官一等侍卫。其词凄清婉丽，蕴藉自然。小令宗尚李煜，为有清一代之冠。长调至情融冶，壮采纷披。著有《通志堂集》，词集有《侧帽词》，后更名《饮水词》。

浣　溪　沙①

【题解】

这首词的另一版本有副题“西郊冯氏园看海棠，因忆《香严词》有感”。《香严词》是清初龚鼎孳的词集。作者在观赏海棠时，想起龚鼎孳《罗敷媚·朱右君司马招集西郊冯氏园看海棠》词中“白首看花更几人”的词句，思念曾一同赏花的人，感慨万端。这首词自然清新，情致缠绵。王俨斋认为：“柔情一缕，能令九转肠回。虽‘山抹微云’君，不能道也。”(徐釚《词苑丛谈》)

谁道飘零不可怜，旧游时节好花天，断肠人去自今年。　一片晕红才着雨②，几丝柔绿乍和烟。倩魂销尽夕阳前③。

---

① 选自《饮水词》。 ② 全句描写雨后海棠花姿，取意杜甫《曲江对雨》诗：“林花着雨胭脂湿。” ③ 倩魂：丽魂，美好的神魂。典出陈玄祐《离魂记》中“倩女离魂”的故事。销尽：茫然消失。

(吴　强)

浣溪沙①

【题解】

这是一首悼亡词。纳兰性德与元配卢氏伉俪情笃，婚后仅三载卢氏即殁。纳兰悲不能抑，写作了二三十首缠绵恻怆的悼亡词，为历代词人悼亡作品之最。上片写丧偶后的孤独。卢氏于葬花天气离去，转眼已是西风萧瑟，黄叶遍地。季节的变化引起作者对亡妇的思念。下片以"被酒"、"赌书"等韵事，追忆夫妇间的恩爱生活。结句"当时只道是寻常"，表达了作者对幸福失却的追悔。

谁念西风独自凉，萧萧黄叶闭疏窗。沉思往事立残阳。　被酒莫惊春睡重②，赌书消得泼茶香③。当时只道是寻常④。

---

① 选自《饮水词》。 ② 被酒：醉酒。 ③ 消得：值得。这句回忆自己与卢氏如同宋代赵明诚、李清照夫妇一样的志合趣同、诗情画意般的生活。赵明诚、李清照夫妇常指书言某事载某书某卷某页某行，以中否决胜负，为饮茶先后。中，即举杯大笑，至茶倾覆怀中，反不得饮而起。 ④ 当时只道是寻常：用黄东甫《眼儿媚》："当时不道春无价，幽梦费重寻"句意。

（吴　强）

蝶 恋 花[1]

【题解】

这也是一首悼亡词。上片以明月为喻,表达对亡妇的挚爱。作者曾梦见亡妇淡妆素服,执手哽咽,临别时云:"衔恨愿为天上月,年年犹得向郎圆。""若似"两句,也算作者对亡妇的作答。如果爱妻像明月那样始终皎洁,作者愿不辞冰雪,以身躯与热血去温暖她。下片抒写伤悼之情。无奈爱妻过早离世,而燕子依然呢喃而语,以此反衬出作者的孤寂与悲伤、最后,化用梁山伯、祝英台"化蝶"的典故,表达了作者与亡妇的爱情生死不渝。

辛苦最怜天上月。一昔如环[2],昔昔都成玦[3]。若似月轮终皎洁,不辞冰雪为卿热。　　无那尘缘容易绝[4]。燕子依然,软踏帘钩说[5]。唱罢秋坟愁未歇[6],春丛认取双栖蝶[7]。

---

① 选自《饮水词》。 ② 昔:同夕。一昔:一夜。环:圆形玉璧,喻满月。 ③ 玦(jué):玉佩半环曰玦,喻缺月。前三句言最同情天上月亮的辛劳和圆时少而缺时多的遗憾。 ④ 无那(nuò):无奈。尘缘:佛教、道教谓与尘世的因缘。 ⑤ 燕子依然,软踏帘钩说:语出李贺《贾公闾贵婿曲》诗:"燕语踏帘钩。" ⑥ 秋坟:用李贺《秋来》"秋坟鬼唱鲍家诗,恨血千年土中碧"诗意。 ⑦ 春丛:花丛。双栖蝶:相传东晋时,梁山伯与祝英台同学,梁病死。祝适马氏,过梁墓,大恸,地忽自裂,遂与梁同葬,后化为双飞蝴蝶。

(吴　强)

蝶恋花[1]

【题解】

这首词写作者羁旅异地的怅惘之情。上片写景，清秋时节重过春夏折柳与亲友道别之处，枯草连天，鸿雁哀鸣，惆怅之情油然而起。下片重在抒情。前三句直抒胸臆，痛恨时光流逝而壮志未酬。最后两句，作者感叹：天涯飘泊何处是尽头？这首词萧瑟、凄凉之景与作者哀怨、惆怅之情融为一体。

又到绿杨曾折处[2]。不语垂鞭[3]，踏遍清秋路。衰草连天无意绪[4]，雁声远向萧关去[5]。　　不恨天涯行役苦，只恨西风，吹梦成今古。明日客程还几许[6]，沾衣况是新寒雨。

---

① 选自《饮水词》。 ② 绿杨曾折处：曾与亲友分别的地方。 ③ 垂鞭：垂下鞭子，惆怅状貌。 ④ 衰草连天：枯草向远方沿伸，一直连接着天际。化用秦观《满庭芳》“山抹微云，天连衰草”句意。 ⑤ 萧关：在今甘肃平凉境内，古时为西北边地冲要，词中泛指边关。 ⑥ 成今古：形容距离遥远，慨叹时光流逝。

（吴　强）

蝶 恋 花[1]

出 塞

【题解】

这首边塞词抒发了古今兴亡的感慨。作者来到塞外，耳闻画角的悲鸣，眼望牧马往来、枫树吹红的荒凉景象，发出了王朝易代、山河依旧的慨叹。作者行在塞外军旅途中，联想长眠于青冢之中的王昭君和历代征战的将士，恐怕有着无数的幽怨吧？末两句，共用四个“深”字，以景之深，衬情之深。这首词情景互错，苍凉雄浑。

今古河山无定据。画角声中，牧马频来去。满目荒凉谁可语？西风吹老丹枫树。　　从前幽怨应无数。铁马金戈[2]，青冢黄昏路[3]，一往情深深几许，深山夕照深秋雨。

---

① 选自《饮水词》。 ② 铁马金戈：语出辛弃疾《永遇乐·京口北固亭怀古》：“想当年金戈铁马，气吞万里如虎。” ③ 青冢句：化用杜甫《咏怀古迹》其三“一去紫台连汉漠，独留青冢向黄昏”句意。

（吴　强）

金　缕　曲[1]

赠梁汾

【题解】

梁汾是清词人顾贞观的号。康熙十五年(1676),年仅二十二岁的纳兰性德与已四十岁的顾贞观结识,相见恨晚,倾吐肺腑之言。作者轻视自己的出身、地位,而愿像战国时期平原君那样招贤纳士,所以对汉族寒士顾贞观一见如故,遂成知己朋友。下片,作者对于“蛾眉谣诼”的社会现实表示愤懑,对顾贞观的遭遇表示同情。最后,作者立誓,让两人的友谊经历千劫,延至来世。这首词语不华赡,直抒胸臆,披肝沥胆,激发至情。徐釚认为:“词旨嵚奇磊落,不啻坡老、稼轩。”当时脍炙人口,“都下竞相传写”(《词苑丛谈》)。清初,满、汉民族矛盾尖锐。而纳兰性德广结汉族文人,竭至诚,倾肺腑。得到他帮助的,除顾贞观外,还有姜宸英、严绳孙、陈维崧,秦松龄等,都是坎坷失意之士。特别是纳兰性德应顾贞观之请,援吴兆骞生入榆关的佳话传诵不绝。(详见顾贞观《金缕曲》“题解”)

德也狂生耳[2]！偶然间、淄尘京国[3],乌衣门第[4]。有酒惟浇赵州土[5],谁会成生此意[6]？不信道、遂成知己[7]。青眼高歌俱未老[8],向尊前、拭尽英雄泪。君不见,月如水。　　共君此夜须沉醉。且

① 选自《饮水词》。② 德:纳兰性德自谓。狂生,狂放的人。③ 淄(zī):黑色。淄尘京国:在京城里行走,衣服为风尘染黑。④ 乌衣门第:意为生在乌衣巷贵族之家。⑤ 语出李贺《浩歌》:“买丝绣作平原君,有酒惟浇赵州土。”战国时期赵国的公子胜号平原君,喜结宾客。李贺言当买丝绣他,以酒浇地祭他。⑥ 成生:纳兰性德自称。性德,原名成德。⑦ 不信道:出乎意料。⑧ 青眼:晋阮籍能为青白眼,以白眼对俗士,以青眼对所契重的人。后因以“青眼”称对人喜爱或器重。杜甫《短歌行》诗:“仲宣楼头春色深,青眼高歌望吾子。”

由他、蛾眉谣诼，古今同忌。身世悠悠何足问，冷笑置之而已。寻思起、从头翻悔。一日心期千劫在[9]，后身缘、恐结他生里[10]。然诺重[11]，君须记。

⑨ 劫：佛经言天地之一成一坏为一劫。全句意为，一旦以心相许，成为知己，虽经历千劫，友谊仍然存在。⑩ 后身缘：佛教所指来生的因缘。⑪ 然诺重：答应了的话，不再食言。

（吴　强）

金　缕　曲[1]

亡妇忌日有感

【题解】

这首悼亡词，作于康熙十九年（1680）五月三十日，这天是作者亡妇卢氏逝去三周年忌日。岁月流逝，作者对亡妇的深切思念之情仍魂牵梦萦，他痛恨尘世与阴府的阻隔，同时流露出对人生的厌弃。最后只期待着他生有缘，重结知己，却还怕来世未卜，佳缘难续。顾贞观认为：“容若词一种凄婉处，令人不能卒读。”（《榆园本《纳兰词》）这首词超越时空，虚实相间；如泣如诉，声泪俱下；感情真挚，质朴自然。

此恨何时已[2]？滴空阶、寒更雨歇[3]，葬花天气。三载悠悠魂梦

① 选自《饮水词》。② 语出李之仪《卜算子》词：“此水何时休，此恨何时已。” ③ 化用温庭筠《更漏子》“梧桐树，三更雨。……空阶滴到明”词意。

杳，是梦久应醒矣！料也觉、人间无味。不及夜台尘土隔[4]，冷清清、一片埋愁地[5]。钗钿约[6]，竟抛弃！　　重泉若有双鱼寄[7]，好知他、年来苦乐，与谁相倚。我自终宵成转侧，忍听湘弦重理[8]？待结个、他生知己。还怕两人俱薄命，再缘悭、剩月零风里[9]。清泪尽，纸灰起[10]。

④ 夜台：坟墓，亦指阴间。 ⑤ 埋愁地：用《后汉书·仲长统传》"寄愁天上，埋忧地下"意。 ⑥ 钗钿约：古代夫妇常以钗钿作为定情之物。 ⑦ 重(chóng)泉：九泉，黄泉。 ⑧ 湘弦：即湘瑟，弦乐器。孟郊有《湘弦怨》诗。 ⑨ 剩月：残月。 ⑩ 纸灰：纸钱灰。

（吴　强）

长　相　思[1]

【题解】

这首词写于康熙二十一年(1682)三月，作者扈从康熙帝玄烨祭祀长白山的途中。上片写行军与宿营，下片写思乡之情。"夜深千帐灯"一句被王国维誉为"千古壮观"(《人间词话》)。在那风雪交加的黑夜里，旷野上千盏露宿灯火，透过座座帐篷熠熠发光，可谓雄浑壮阔。而此种境界，更显得作者的孤寂与悲凉。

① 选自《饮水词》。

山一程[2]，水一程，身向榆关那畔行[3]。夜深千帐灯。

风一更，雪一更。聒碎乡心梦不成[4]。故园无此声。

---

② 一程：一站。③ 榆关：即山海关。那畔：那边，指关外。④ 聒(guō)：喧扰，嘈杂，指风雪的吵闹声。

（吴　强）

张纯修(生卒年不详)　字子敏,号见阳,奉天辽阳(今辽宁辽阳)人。清代贡生。官知府。著有《语石轩词》。

点　绛　唇[①]

兰,和容若韵[②]

【题解】

张纯修擅长绘画,一日画兰,纳兰性德作《点绛唇·题见阳画兰》,其中有"别样幽芳,更无浓艳催开处"等语。这首词是张纯修的唱和之作,下片化用《离骚》句意而不露。

弱影疏香,乍开犹带湘江雨[③]。随风拂处,似共骚人语。

九畹亲移[④],倩作琴书侣。清如许。纫来几缕,结佩相朝暮[⑤]。

---

① 选自《全清词钞》。 ② 容若:纳兰性德的字。 ③ 湘江雨:当时张纯修任湖南江华县令。 ④ 畹(wǎn):古代地积单位。九畹:语出《离骚》:"余既滋兰之九畹兮。" ⑤ 纫:连缀。佩:佩饰。两句化用《离骚》"纫秋兰以为佩"意。

(吴　强)

厉鹗(1692—1752)　字太鸿,又曾字雄飞,号樊榭,又自号花隐,浙江钱塘(今杭州)人。康熙五十九年庚子(1720)举人。厉鹗先后往来栖止扬州三十年,把一批词人聚集到扬州。是有清一代最有成就的“宋诗派”代表之一;词的成就在其一生中最高。有《樊榭山房词》二卷、《秋林琴雅》四卷、《续词》一卷、补一卷。

百　字　令①

【题解】

厉鹗的词,向以幽隽秀美著称于世,而最能体现他风格的,是那些以山光水色的奇绝光景为描写对象的词作。这首《百字令》即为这方面的代表作。七里滩,又名七里濑、七里泷,在浙江桐庐县严陵山西。两山夹峙,桐江顺流而下,连亘七里,水流湍急,风景极佳。此词主要是追忆他所崇敬的两个在浙江桐庐一带隐居的历史人物:一是“为写当年高躅”的汉隐士严光;一是以“汐社”会友的宋遗民谢翱。但是,作者的这种“情”只是点到即止,而将主要笔墨泼洒在渲染、描绘七里滩的空灵、清冷、秀美的景致上。通过对七里滩“景”的描写,使两个历史人物清高的品格,弥漫渗透在整首词中,从而达到“以景写情”的目的。全词写景超然独绝,意境高远,尤其是“林静藏烟”几句,更是流转空灵,幽奇清俊。语言多从淡处着笔,炼字炼句,归于纯雅。

月夜过七里滩,光景奇绝。歌此调,几令众山皆响

---

① 选自《樊榭山房词》。

秋光今夜，向桐江[②]、为写当年高躅[③]。风露皆非人世有，自坐船头吹竹[④]。万籁生山[⑤]，一星在水，鹤梦疑重续[⑥]。拏音遥去[⑦]，西岩渔父初宿。　　心忆汐社沉埋[⑧]，清狂不见[⑨]，使我形容独。寂寂冷萤三四点，穿过前湾茅屋。林静藏烟，峰危限月[⑩]，帆影摇空绿。随风飘荡，白云还卧深谷。

---

② 桐江：即富春江流经桐庐县境一段的别称。 ③ 当年高躅(zhú)：此用汉严光隐逸不仕的典故。光字子陵，会稽余姚人。少曾与汉室宗亲刘秀同游学。秀称帝，光变姓名隐遁。秀派人觅访，征召到京，授谏议大夫，不受，退隐于富春山，即桐庐之滨。后人称他所居游之地为严陵山、严陵濑、严陵钓坛。高躅：高尚的行迹。 ④ 吹竹：吹奏用竹管制成的乐器，如箫、笛等。 ⑤ 万籁：自然界的一切声响。 ⑥ 鹤梦：宋戴昺(bǐng)《秋晚》诗："草润蛩声滑，松凉鹤梦清。" ⑦ 拏(ráo)：同"挐"，通"桡"；拏音：船桨拨水的声音。 ⑧ 汐社：宋遗民谢翱避地浙东，名会友之所曰汐社。 ⑨ 清狂：高迈不羁。 ⑩ 峰危限月：峰高挡住月亮。

（汪泰陵　蔡惠瑛）

谒金门[①]

七月既望，湖上雨后作[②]

【题解】

厉鹗是位终生不得志的知识分子。他的词之所以都有一种幽怨的情怀，其实正是

---

① 选自《秋林琴雅》。 ② 湖：杭州西湖。

“才士困顿的抑郁”的具体体现。即便是在一些即景抒情的小令里，这种情怀也随处可见。这首词即为一例。上片写西湖雨后的景致，“雨洗秋浓人淡”的描写，“隔水残霞”的秀丽，加之三四点小山点缀其间，的确给人有画所不能到之感。下片集中写心境的寒寂。“待折荷花临鉴”的期待，以及“西风无处减”的忧虑，交织在一起，使人感到一种无形的压抑感充溢在字里行间。全词隽秀清寂。“‘人淡’二字精妙。”(陈廷焯语)。

凭画槛，雨洗秋浓人淡③。隔水残霞明冉冉，小山三四点。

艇子几时同泛？待折荷花临鉴④。日日绿盘疏粉艳⑤，西风无处减。

---

③ 雨洗秋浓人淡：经过雨水浇洒，秋色更浓了，人心却更加淡泊了。 ④ 鉴：镜子，此喻西湖明洁如镜。 ⑤ 绿盘：喻西湖中荷叶。粉艳：指荷花；疏粉艳，谓荷花逐渐零落稀疏。

（汪泰陵　蔡惠瑛）

忆旧游①

【题解】

悲秋是古代诗词中最常见的题材之一，但要写出新意，也非易事。作者在而立之年写下的这首悲秋的作品，是一首写作角度新颖、不落常人窠臼的好词。此词最大的成功，就是把“一片寻秋意”展现在最能体现楚天晚秋景致的芦花的背景之上。通过对“远

---

① 选自《樊榭山房词》。

近缟目”有如白雪的芦花的渲染，反衬出秋愁、秋意的清空和淡远。全词写景清妙，曲折幽深，溪谷间的山峦烟霭均呈动势，可谓风神摇曳，给人以清冷、空灵、秀逸之感。正如陈廷焯在《白雨斋词话》中所评价的：“厉樊榭词，幽香冷艳，如万花谷中，杂以芳兰，在国朝词人中，可谓超然独绝者矣！”

辛丑九月既望②，风日清霁。唤艇自西堰桥③，沿秦亭、法华④，湾洄以达于河渚。时秋芦作花，远近缟目⑤。回望诸峰，苍然如出晴雪之上。庵以“秋雪”名⑥，不虚也。乃假僧榻，偃仰终日。唯闻櫂声掠波往来，使人绝去世俗营竞所在。向晚宿西溪田舍⑦，以长短句纪之。

遡溪流云去⑧，树约风来，山剪秋眉⑨。一片寻秋意，是凉花载雪⑩，人在芦碕⑪。楚天旧愁多少，飘作鬓边丝⑫。正浦溆苍茫⑬，闲随野色，行到禅扉⑭。　忘机。悄无语，坐雁底焚香，蛩外弦诗⑮。又送萧萧响，尽平沙霜信，吹上僧衣⑯。凭高一声弹指，天地入斜

② 辛丑：指康熙六十年(1721)。 ③ 西堰桥：在杭州西北灵隐山附近。 ④ 秦亭：山名。在灵隐山后约一里。相传秦始皇曾驻马于此，一说宋词人秦观曾筑亭其上，故名。法华：山名。西湖北山支脉。 ⑤ 缟目：满眼皆白；缟，白色。 ⑥《西湖梵隐志》载：“水周四隅，蒹葭弥望，花时如雪。明陈继儒题曰‘秋雪’。”庵因此得名。 ⑦ 西溪：在杭州西北，位于西湖北山之后，为杭州胜景九溪十八涧之一。 ⑧ 遡(sù)：同“溯”。 ⑨ 山剪秋眉：谓秋山美好，有如女子眉黛。 ⑩ 载：通“戴”；凉花载雪，谓秋芦作花，如覆白雪。 ⑪ 碕(qí)：曲岸；芦碕，芦塘岸边。 ⑫ 此两句意为：在领略如画的秋色中，俯仰天地，检点旧愁。愁已飘上两鬓，化作白发。 ⑬ 浦溆：水滨。 ⑭ 禅扉：本指寺门。此处指寺庙，即序中之秋雪庵。 ⑮ 此句意为：将诗谱成乐曲，琴声在蛩声外别成音响。 ⑯“又送”三句，谓风吹芦苇萧萧作响，使人从僧衣上感受到寒霜降落的严寒。

（汪泰陵　蔡惠瑛）

晖。已隔断尘喧，门前弄月渔艇归。

齐天乐[1]

秋声馆赋秋声

【题解】

这是一首自问世以来就被视为佳作的词。秋声，本难以用文字表现，作者却将“清商催发”、“桐飙”、“阴虫切切”、檐铁惊响、高城漏断、野寺疏钟、“凉潮呜咽”等本来看似毫不相关的物象，以“意”为经，以“情”为纬，组成秋的画面，秋的境界，使秋声、秋色、秋情、秋意一一展示无遗。同时，将视觉感受转换为听觉感受，使人感受到秋的萧瑟，秋的冷峭。这首词声调高清，疏朗隽永，堪称声情并茂的绝响之作。

簟凄灯暗眠还起，清商几处催发[2]？碎竹虚廊，枯莲浅渚，不辨声来何叶？桐飙又接[3]。尽吹入潘郎[4]，一簪愁发[5]。已是难听，中宵无用怨离别[6]。　　阴虫还更切切[7]。玉窗挑锦倦[8]，惊响檐铁[9]。漏断高城，钟疏野寺，遥送凉潮呜咽。微吟渐怯。讶篱豆花

① 选自《樊榭山房词》。 ② 清商：指秋风。 ③ 桐：梧桐；桐飙，指吹过梧桐树的风。 ④ 潘郎：指晋潘岳。 ⑤ 一簪，此谓一头；晋潘岳三十出头两鬓即白，故言。 ⑥ 中宵：半夜。 ⑦ 阴虫：指蟋蟀。切切：象声词。此拟蟋蟀叫声。 ⑧ 玉窗：窗的美称。 ⑨ 檐铁：铁，铁马，也叫檐马，即悬于檐下的风铃；檐铁，指檐间铁马。

开，雨筛时节[10]。独自开门，满庭都是月。

⑩ 雨筛时节：筛，动词；雨筛时节，即下雨时分。

（汪泰陵　蔡惠瑛）

郑燮(xiè)(1693—1765)　字克柔，号板桥，江苏兴化人。清乾隆元年(1736)进士。官山东范县、潍县知县，因得罪于显宦豪门，乞归。晚年以书画名，为“扬州八怪”之一。其词抒情写意，质朴泼辣，痛快淋漓，在清代词坛上独树一帜。有《板桥词钞》一卷。

浪淘沙[①]

平沙落雁

【题解】

这是一首题图咏物词。词作寄情于雁，在词的上片中以明快而又含蓄的笔触写出了时世维艰以及知识分子的某种心态。“怕见洲边灯火焰，怕近芦花”正是这种心态的外在表现。下片是对遭际坎坷的浪迹天涯之士的“规劝”，表达了作者愤世疾俗的情怀。全词含蓄中见锋锐，雅正中含辛辣，特别是“是处网罗赊，何苦天涯”“江上风光留不得”等句更是言近意远，耐人思索。

秋水漾平沙[②]，天末澄霞[③]。雁行栖定又喧哗。怕见洲边灯火焰，怕近芦花。　是处网罗赊[④]，何苦天涯？劝伊早早北还家！江上风光留不得，请问飞鸦。

① 选自《板桥词钞》。 ② 漾(yàng)：水摇动貌。 ③ 天末：天边，指极远的地方。澄霞：清澈透明的晚霞。 ④ 是处：到处。赊(shē)：通“奢”，有大、多意。

（汪泰陵　蔡惠瑛）

青　玉　案[1]

宦　况[2]

【题解】

郑板桥于乾隆七年(1742)起任山东范县、潍县县令,至十八年(1753)为请赈得罪大吏而罢官,服官十一年。这首《青玉案·宦况》词,即为抒写其居官期间感受的作品。上片写作宦十年,尝够了"官"的滋味:每当坐下来想好好品茗、饮酒之时,往往"又是文书累",无法领略到人世间连平民百姓都可以尽情享受的这种乐趣。下片写在衙门办公的情况。"坐曹一片吆呼碎,衙子催人妆傀儡"两句,正是这种情况淋漓尽致的写照。结末感叹十年宦海生涯反而使原有的雄心壮志消磨殆尽。全词流畅明快,亦庄亦谐,有一种"怨而怒"的沉痛感。

十年盖破黄绸被[3],尽历遍、官滋味。雨过槐厅天似水[4],正宜泼茗[5],正宜开酿[6],又是文书累。　　坐曹一片吆呼碎[7],衙子催人妆傀儡,束吏平情然也未[8]?酒阑烛跋[9],漏寒风起,多少雄心退。

① 选自《板桥词钞》。 ② 宦况:居官的景况。 ③ 郑燮为官十年,是个约数。 ④"雨过"句:雨停了,坐在院子里栽有槐树的厅堂中,天空明净如洗。 ⑤ 泼茗:倒茶。 ⑥ 开酿:指开坛饮酒。 ⑦ 坐曹:旧时官吏在衙门办公叫坐曹。吆呼:高声呼叫。此指衙役们的呼叫。 ⑧"束吏"句:被官位捆绑住手脚,专门平息民情的官吏,是不是就应该像这样呢? ⑨ 酒阑:酒喝完了。烛跋:蜡烛的末梢。此指蜡烛将要烧完。

（汪泰陵　蔡惠瑛）

贺　新　郎[①]

徐青藤草书一卷[②]

【题解】

徐渭是明代著名书法家，工行草，草书特别有工力，笔势纵横飘逸，奔放飞动，为世所称道。郑燮，为清代杰出的书画家，特别是他的书艺，用隶体参入行楷，非古非今，非隶非楷，自称“六分半书”，在我国书法史上亦独树一帜。他写下这首知音之唱的《贺新郎》词，对徐渭出神入化的草书作了高度评价，并在字里行间流露出对徐渭其人其书的崇敬和景仰，以及对这位书坛巨匠不幸身世的深深感叹。全词气韵沉雄，想落天外，特别是对徐渭草书的狂放纵姿的描写，更是出人意表。

墨沈余香剩。扫长笺、狂花扑水，破云堆岭[③]。云尽花空无一物，荡荡银河泻影，又略点箕张鬼井[④]。未敢披图容易玩，拨烟霞、直上嵩华顶[⑤]。与帝座[⑥]，呼相近。　　半生未挂朝衫领，狠秋风、清衿

---

① 选自《板桥词钞》。 ② 徐青藤：明文学家、书画家徐渭号。徐渭(1521—1593)，字文长，号天池山人、青藤道士，山阴(今浙江绍兴市)人。曾为总督胡宗宪的幕僚。工诗文。善画水墨花卉，重写意神似；更善草书，渊源苏轼、米芾(fú)，圆浑奔放而劲挺，其自诩书法第一。 ③“墨沈”三句：谓打开徐青藤草书只觉散发着出一股墨香，笔势横扫长笺，如狂飙飓风席卷飞花扑向流水，又如飘飞的云朵汇聚山岭。沈：汁，墨沈即墨迹。 ④“云尽”三句：荡荡，宽阔平坦貌；箕、张、鬼、井，星宿名，属二十八宿；此三句极言徐渭草书应接、变化、点缀之妙，既有如“狂花”、“破云”的景象，有时又“云尽花空”，空无一物，恰似那宽阔平坦的银河一泻千里，其间又点缀着箕、张、鬼、井四个星座。 ⑤“未敢”两句：嵩，指嵩山，在今河南登封县北；华，指西岳华山，在今陕西华阴县。此两句意为：对徐渭的草书，不敢轻易随便展卷赏玩，一旦打开观赏，就像拨开烟霞，直接登上嵩山、华山的峰巅。 ⑥ 帝座：星名。属武仙座。

剥去，秃头光颈[⑦]。只有文章书画笔，无古无今独逞，并无复、自家门径[⑧]。拔取金刀眉目割，破头颅、血迸苔花冷[⑨]。亦不是，人间病。

⑦“半生”三句：谓徐青藤半生已过，始终未有一官半职，反而于四十二岁时，因胡宗宪下狱惧怕受到连累，以至精神失常；隆庆（明穆宗年号）元年（1567）又以误杀继室罪系狱论杀。后因里人力救，才于万历元年（1573）获释。时年已五十三岁。朝衫领，谓作官。青衿剥去，秃头光颈，谓锒铛下狱。⑧“只有”三句：谓徐青藤天才超逸，诗文、书画皆工，在当时颇负盛名。⑨“拔取”两句：徐渭在精神错乱后，曾有过自残、自戕（qiāng）等行为。

（汪泰陵　蔡惠瑛）

沁　园　春[①]

恨

【题解】

这是郑燮以“颠狂”而著称于世的作品。上片在否定“花”、“月”、“酒”的同时，展示了一组“带着破坏性色彩的意象，从中透发的是较之一般愤世嫉俗的语言更为锋锐的呼啸声”（严迪昌《清词史》）。下片写凄凉落魄的生活，以及内心深处的抑郁情怀。全词锋锐辛辣，亦庄亦谐，酣畅淋漓，似有一股郁勃愤懑的怒气冲然而出。

花亦无知，月亦无聊，酒亦无灵。把夭桃斫断[②]，煞他风景；鹦

①选自《板桥词钞》。②夭桃：艳丽的桃花。

哥煮熟，佐我杯羹。焚砚烧书，椎琴裂画，毁尽文章抹尽名。荥阳郑③，有慕歌家世④，乞食风情⑤。

单寒骨相难更⑥。笑席帽青衫太瘦生⑦。看蓬门秋草⑧，年年破巷；疏窗细雨，夜夜孤灯。难道天公，还钳恨口⑨，不许长吁一两声？颠狂甚，取乌丝百幅⑩，细写凄清⑪。

---

③ 荥(xíng)阳郑：荥阳为郑姓郡望，如唐白行简传奇《李娃传》中有男主人公荥阳(今属河南)人郑公子。④ 慕歌：慕人之德咏而歌之。家世：家族和世系。⑤ 乞食风情：此谓郑公子讨饭行乞的轶闻。⑥ 单寒骨相难更：生就一副单瘦清寒的骨相，已是无法改变的现实。⑦ 席帽青衫：指明清两朝读书人的穿戴。席帽：宋吴处厚《青箱杂记》：宋初"犹袭唐风，士子皆曳袍重戴，出则以席帽自随"。太瘦生：生，助词，无义；太瘦生，即谓很瘦弱。⑧ 蓬门：犹言柴门，谓贫寒之家。⑨ 钳：闭。⑩ 乌丝：即乌丝栏，一种有黑格线的绢素或纸笺。⑪ 凄清：谓凄凉清苦的生活。

（汪泰陵　蔡惠瑛）

贺双卿(生卒年不详)　清雍正乾隆之际农家才妇,字秋碧,江苏丹阳人,嫁金坛周氏。其才情清丽而遭际惨苦,姑恶夫暴,卒以劳瘁死。词尽见于史震林《西青散记》,后人辑录为《雪压轩词》,收入《小檀栾室汇刻百家闺秀词》。据史氏谓,双卿无笔砚,诗词均以粉书写于芦叶上,“日用细故,信手拈来,都成异彩”,故《白雨斋词话》以为堪称“古今逸品也”。

浣　溪　沙[①]

【题解】

这是一阕典型的农妇凄苦词,其所抒述的痛楚情迥异于常见的闺秀之作。才妇而遇愚暴之夫,复不容于恶狠婆姑,身心备遭摧残,由此词可见一斑。故词的下阕不仅仅写劳作之苦,而上阕初夏农家的暖色调景物之写,亦正为反衬出双卿心境之凄凉寒苦。《国朝词综续编》说此词“情真语质,直接《三百篇》之旨”“每诵一过,不知涕之何从也”,是切入其词心之评。

暖雨无情漏几丝[②],牧童斜插嫩花枝。小田新麦上场时。
汲水种瓜偏怒早,忍烟炊黍又嗔迟[③]。日长酸透软腰支。

---

① 选自《雪压轩词》。② 暖雨:初夏黄梅雨,晴阴不定。③ 炊黍:烧饭。嗔:怒,怪罪。

(曹林芳)

凤凰台上忆吹箫[①]

【题解】

在历代词作中，写长夜残灯相伴，空梦惊破的凄苦心境之篇，当数此词最称细腻深婉，何况出于一个贫弱的苦女子之手，故尤值得珍视。据《西青散记》说：“双卿谏其夫赌，夫怒，屏之炊室。倚薪而坐，对残灯而泣焉，为《残灯词》。”境况之惨痛，可以想见。词中写残灯意象，实亦双卿自我写照。物“我”皆残，孤苦以伴，情韵酸楚，由是体味“忘吹”、“谁剔”、“还望你淹煎，有个花生”，直至“胜野塘风乱”句云云，更令人不堪卒读。苦情词写到此境界，足称真切自然而出神入化。

已暗忘吹，欲明谁剔[②]？向侬无焰如萤[③]。听土阶寒雨，滴破三更。独自恹恹耿耿，难断处、也忒多情[④]。香膏尽，芳心未冷，且伴双卿。

星星。渐微不动，还望你淹煎，有个花生[⑤]。胜野塘风乱，摇曳渔灯。辛苦秋蛾散后[⑥]，人已病、病减何曾？相看久，朦胧成睡，睡去空惊。

---

① 选自《雪压轩词》。 ② 剔：挑起灯蕊。 ③ 侬：我，吴语。 ④ 恹恹（yān）：神情萎顿貌。耿耿（gěng）形容有心事，此处意为心中忐忑不安。忒（tè）：太，过甚。 ⑤ 星星：形容灯焰。淹煎：继续煎熬。花生：灯花；生，生成，生出。一说作语助，无意。 ⑥ 秋娥：秋后蛾子。蛾：扑火之虫。

（曹林芳）

蒋士铨(1725—1785)　字心余,一字苕生,号清容,又号藏园,江西铅山人。乾隆二十二年(1757)进士,授编修,四年后充顺天乡试同考官,旋即辞官归,坐馆授徒。先后主讲绍兴蕺(jí)山书院、杭州崇文书院、扬州安定书院。四十三年(1778)复充国史馆纂修官,记名御史,然已一病缠身,不久病归故里。蒋士铨诗与袁枚、赵翼齐名,为“乾隆三大家”之一。著有《铜弦词》二卷。

贺新凉[①]

廿八岁初度日感怀,时客青州之二[②]

【题解】

这是一首哀感身世,抒发积郁,怨而至于怒的词作。词作于清王朝鼎盛的乾隆十七年(1752),但是对于作者来说,处于“盛世”,依然“愁似形随影”“身如槁木,心如废井”,“眼前一片馍粘境”。他虽然并非“求醒”的“达人”,但却对“历乱游蜂钻故纸”的科举考试极为不满。可见作者的目的不在写愁,而在于吐恨,是这首词核心命题之所在。陈廷焯《云韶集》评价这首词道:“悲怆呜咽,满纸秋声,天地为之动色。以醒为梦,以梦为醒,现身说法,胜读如来几卷经。”

愁似形随影。苦飘零、身如槁木,心如废井。尘海迷漫无处著[③],常作风前断梗[④]。触往事、几番追省。十载中钩吞不下,趁波

---

① 选自《铜弦词》。② 青州:今山东益都县。③ 尘海:犹言尘世,人世。④ 断梗:断枝,比喻微贱之物。

涛、忍住喉间鲠。呕不出，渐成瘿[5]。　　眼前一片馍粘境。黑甜中、痴人恋梦[6]，达人求醒[7]。阅历因缘皆幻泡[8]，才觉有身非幸。况哀乐、劳生分领[9]。历乱游蜂钻故纸[10]，溺腥膻、醉饱怜公等[11]。草头露，但俄顷。

---

⑤ 瘿(yǐng)：泛指咽喉疾病。 ⑥ 黑甜：酣睡，也指昼寝。 ⑦ 达人：通达的人。 ⑧ 阅历：经历。幻泡：即"梦幻泡影"，喻世事空虚。 ⑨ 劳生：辛劳的生活。 ⑩ 故纸：旧纸，借指古旧书籍和文牍。 ⑪ 溺(nì)腥膻：沉迷于带腥味的羊肉食品的享受之中。此处喻指对功名富贵的追求、贪恋。

（汪泰陵　蔡惠瑛）

洪亮吉(1746—1809)　原名莲,又名礼吉,字君直,改字稚存,又字北江,号梦殊,又号对岩,江苏阳湖(今武进)人。清乾隆五十五年(1790)进士,官编修,充贵州学使。以上书言事而得罪,谪戍新疆伊犁,越年放还。词集有《机声灯影》《冰天雪窖》两种。

唐　多　令[①]

【题解】

洪亮吉为乾嘉诗坛巨擘(bò)。词亦颇有特色,奇崛清峻。特别是那些类似"游仙"的想落天外、出人意表的作品,实际上是对现实不满、宣泄人世间忧愁苦闷的一种表现,故不应以游戏之笔等闲视之。如这首《唐多令》即为此中代表。全词奇思异想,浮想联翩,依靠坚实的生活基础,借助于鲜明生动的艺术形象,所以写来仿佛可见,似若可闻,有极强的艺术感染力。如"乱摘九天星与斗,权当作,酒家钱"的放狂之写,"寥廓约顽仙"的神驰冥想,以及沧海钓六鳌的壮丽图景,都是作者感情激扬、情动于衷所产生的无所羁绊、卷舒风云的神来之笔。

真气本无前[②],豪情忽欲颠[③]。一百番、沉醉酣眠。乱摘九天星与斗,权当作,酒家钱!　寥廓约顽仙[④],踏红云种田。待秋成、

① 选自《机声灯影词》。 ② 真气:指人的元气。 ③ 颠:颠狂。 ④ 寥廓:此谓广阔的天空。

岁月三千。拟钓六鳌沧海去⑤，虽不饱，且烹鲜。

⑤ 拟：准备。六鳌沧海：古代神话谓渤海之东，不知几亿万里，有无底深谷，中有五山，互不相连，随波上下往还。天帝命禺疆使巨鳌十五，更迭举首而戴之，五山始峙。

（汪泰陵　蔡惠瑛）

金　缕　曲①

【题解】

在我国封建社会，不少读书人身边都有书僮。然而写书僮和主人之间情谊的诗词作品，却极少看到。洪亮吉这首《金缕曲》词，便是一首描写他和书僮间伤离别的词作。八年朝夕相处、相依为伴的主仆情谊，在词中写得真挚动人。特别是分别之际，作者念及"明日出门谁念我？就飘蓬、断梗商行止"时，泪流满面的景况，更是写得意真情切。

僮窥园从予八年矣，体弱善病。今年予秋试被落，忽尔辞去，念事伤离，不能无作。命沽酒歌此调以送之。

衣薄还如纸。最凄凉、前宵毷氉②，今宵送尔。八载追随无别事，伤病伤离伤死。总误尔、朝饥饮水。苦访虫鱼摩篆籀③，但论

① 选自《机声灯影词》。② 毷氉(màosào)：烦闷。指秋试落第引起的不快。③ 虫鱼：指代书籍。书中蛀虫名书蠹，俗呼书鱼。篆籀(zhòu)：书体，指篆书。篆，指小篆；籀，指大篆。

才、尔便成佳士。休更作，朱门使[4]。　无家我共僧居寺。只萧萧、寒云丙舍[5]，尚堪南指。入梦总从吾父母，醒处怕逢妻子。况薄命、久无人齿[6]。明日出门谁念我？就飘蓬、断梗商行止[7]。尔去矣，泪流驶。

---

④ 朱门使：有钱人家的童仆。⑤ 丙舍：本指正室两旁的房屋，以次于甲乙，故称丙舍。后也指最差的住房。⑥ 薄命：谓命运不好。　齿：重视。⑦ 飘蓬：飘荡无定的蓬草。断梗：折断的树枝。全句意为：只有和飘荡无定的蓬草、折断的树枝商量我的行止了。

（汪泰陵　蔡惠瑛）

黄景仁(1749—1783)　字汉镛，一字仲则，号鹿菲子，江苏武进(今常州)人。幼年家贫，从母读。十六岁应郡县试。于三千人中拔第一。乾隆四十一年(1776)，充武英殿书签。后捐得县丞，未补官而卒于山西解州。仲则以诗名天下，词亦嘉禾秀出。有《竹眠词》二卷，一名《悔存词钞》，亦名《两当轩诗余》。

沁园春[①]

壬辰生日自寿，时年二十四[②]

【题解】

黄景仁是乾隆朝最为著名的诗人。可是一生困顿，以三十五岁之年即贫病而逝。这首《沁园春》词，为其二十四岁生日时“自寿”的作品。上片写自己虽已成年，却一贫如洗。念及含辛茹苦把自己抚育成人的老母，为自己未曾反哺一日而深感不安。下片用在二十四岁之年已经为国建功立业，身居高位的邓禹、周瑜来和自己相比，感叹自己生不逢时，命运多蹇。全词风格凄怆悲凉，诚如吴兰修所说：“激楚如猿啼鹤唳，秋气抑何深也”(吴兰修《黄仲则小传》)。

苍苍者天[③]，生我何为？令人慨慷[④]。叹其年难及，丁时已过[⑤]；一寒至此，辛味都尝[⑥]。似水才名，如烟好梦[⑦]，断尽黄齑苦笋

---

① 选自《竹眠词》。 ② 壬辰：乾隆三十七年(1172)。 ③ 苍苍者天：即苍天。以天之色苍苍故称。 ④ 慨慷：感慨，激动。 ⑤ 其年难及：谓时光、年华转瞬即逝，难以追及。丁时已过：谓已过丁壮之年。 ⑥ 辛味：指人世间酸辛、苦辣之味。 ⑦ “似水”两句：空有才名有

肠[8]。临风叹，只六旬老母，苦节宜偿[9]。

男儿堕地堪伤[10]。怪二十、何来镜里霜[11]？况笑人寂寂，邓曾拜衮[12]；所居赫赫，周已称郎[13]。寿岂人争，才非尔福，天意兼之忌酒狂[14]。当杯想，想五湖三亩[15]，是我行藏[16]。

如流水易逝，好梦则如飞烟易散。 ⑧ 黄齑(jī)：细切的酱菜或腌菜。苦笋：苦竹之笋，其味苦。黄齑苦笋，皆为贫穷人家的菜肴。 ⑨ 苦节宜偿：言老母守节含辛茹苦抚养自己之恩。应该得到报答。 ⑩ 堕地：谓出生。 ⑪ 镜里霜：谓镜里已经出现白发。 ⑫ 笑人寂寂：典出《南史·王弘传》附王融："及为中书郎，尝抚案叹曰：'为尔寂寂，邓禹笑人！'"邓曾拜衮(gǔn)：邓，指邓禹，年二十四岁拜为大司徒，封酂侯，食邑万户。衮：古代公侯的礼服。拜衮，拜授三公之职。 ⑬ 周已称郎：周，指周瑜。年二十四授建威中郎将。 ⑭ 酒狂：饮酒使气者。 ⑮ 唐王维诗："五湖三亩宅，万里一归人。" ⑯ 行藏：语出《论语·述而》："子谓颜渊曰：用之则行，舍之则藏，唯吾与尔有是夫！"谓出仕即行其所学之道，否则退隐藏道以待时机。后因以"行藏"指出处或行止。

（汪泰陵　蔡惠瑛）

行　香　子[1]

【题解】

这首词上片写送征人戍边。"送征人"句，颇多寄慨，把征人以及他们的父母、妻子的种种哀怨愁苦，全部包罗无遗。下片写戍边的士卒征战之苦：或铁衣穿尽，仍归家无

---

① 选自《竹眠词》。

望；或血洒边庭，抛尸荒野。“双泪难收”正是他们此时难以言表的心态的外部表现。结末“也有耶娘，有妻子，有田畴”几句，尤为警策，是对那些不顾将士死活、热衷于战争的统治者的抨击，是对和平宁静生活渴望的心声。

曲唱《凉州》[②]，曲唱《伊州》[③]，送征人万里边愁。车轮一转，都望封侯。总不知春，不知夏，不知秋。　一剑犹留，双泪难收，铁衣穿尽海西头。旧时同伴，鬼哭啾啾[④]。也有耶娘[⑤]，有妻子，有田畴[⑥]。

②《凉州》：唐天宝乐曲，常以边地名，如《凉州》、《甘州》、《伊州》之类。③《伊州》：曲调名。商调大曲。④ 啾啾：指鬼哭之声。⑤ 耶：父亲。通“爷”。⑥ 田畴：耕熟的土地。

（汪泰陵　蔡惠瑛）

张惠言(1761—1802)　原名一鸣,字皋文,江苏武进(今常州)人。清嘉庆四年(1799)进士,官编修。精通《周易》《仪礼》。工词,为常州词派创始人。有《茗柯词》一卷,又与弟琦合撰《宛陵词选》二卷。

木兰花慢[①]

杨花

【题解】

从张惠言现存四十六首词来看,咏物之作所占的比重不小。他的此类作品大多采用比兴手法,托物写情,寄述感慨。这首词的上片托情于无人解、"当花看"的杨花,刻画了一个遭际坎坷、飘泊无依但又不颓唐消沉的寒士形象。下片表述清高自洁的心志,以及难以排遣的怅恨。全词意味深厚,寄托高远。比兴手法的运用,增添了词作的蕴藉。

尽飘零尽了[②],何人解[③],当花看。正风避重帘,雨回深幕,云护轻幡[④]。寻他一春伴侣,只断红、相识夕阳间。未忍无声委地[⑤],将

① 选自《茗柯词》。 ② (前)尽:听任、放任之意。(后)尽:竭,完。 ③ 解:懂得、知道。 ④ 轻幡:即护花幡。唐人小说记崔玄微在花苑中遇数美人,自谓苦恶风,常求十八姨相庇,后得罪十八姨,乞玄微岁二月初一作一朱幡,上图日月五星之文,则免难。玄微从之。其日暴风拔木,而苑中繁花皆无恙。因名幡为护花幡。 ⑤ 委地:即被抛弃在地上。

低重又飞还。　　疏狂情性[⑥]，算凄凉、耐得到春阑[⑦]。便月地和梅，花天伴雪，合称清寒。收将十分春恨，做一天、愁影绕云山。看取青青池畔，泪痕点点凝斑。

---

⑥ 疏狂：狂放不羁貌。 ⑦ 春阑：指晚春。

（汪泰陵　蔡惠瑛）

水调歌头[①]

春日赋示杨生子掞[②]（其五）

【题解】

张惠言《茗柯词》中作品，以《水调歌头·春日赋示杨生子掞》组词五首享誉最高。这五首词其实目的都是一个，就是勉励青年学子珍惜时光，孜孜以学，自强不息，永不颓唐气馁。这里所选的即为该组词中的第五首。上片写种花赏花，自得其乐，小草幽花，也有佳趣。下片有感于春光的来去匆匆，委婉地道出了中心要旨：奋励自强，切勿颓废丧志，虚度流年。是勉子掞，也是自励。全词热肠郁思，委婉含蓄，浑雅疏朗而不艰涩隐晦，实为清代中后期不可多得的优秀词作。

---

① 选自《茗柯词》。 ② 杨生子掞：即杨绍文。浙江山阴（今浙江绍兴市）人，随父梦符侨居武进，因其父与张惠言过从甚密，故张氏写此组词勉之。

长镵白木柄③，斸破一庭寒④。三枝两枝生绿，位置小窗前。要使花颜四面，和着草心千朵⑤，向我十分妍。何必兰与菊，生意总欣然。　晓来风，夜来雨，晚来烟。是他酿就春色⑥，又断送流年。便欲诛茅江上⑦，只恐空林衰草，憔悴不堪怜。歌罢且更酌，与子绕花间。

③ 长镵(chán)：农具名，用于翻土。此用杜甫《乾元中寓居同谷县作歌七首》之二“长镵长镵白木柄”句。④ 斸：(zhǔ)：砍。斸破，即砍破。⑤ 草心：草本植物的茎。⑥ 他：指上文提到的风、雨、烟。酿就：酝酿成就。⑦ 诛茅：谓剪茅盖屋。

（汪泰陵　蔡惠瑛）

郭麐(lín)(1767—1831)　字祥伯,号频伽,晚号复翁。江苏吴江人,后迁居浙江嘉善魏塘镇。少有神童之称,一眉莹白如雪,故又自号“白眉生”。为浙派后期主要词人。著有《灵前馆词》及《词话》。

菩　萨　蛮[①]

北固题壁

【题解】

这是一阕抒述人生感受的词,看似平易,实则深沉。词人在“流”与“留”一对矛盾冲突上盘转写来:“留”只能是短暂的,脱羁而去的“流”则是绝对的。这一哲理性的思考,既是作者坎坷不遇的感受折射,又是对自身把握的主动性认识。词中“江流”“侬船”“侬”为相关联一方,“山”为对立一方,细加辨味,意味深长。郭麐词手法多变,圆活轻灵。此词轻捷流利,系其风格的主要特点。历来选家不选郭氏词,欠公允。

青天欲放江流去,青山欲截江流住。侬也替江愁[②],山山不断头。　　片帆如鸟落[③],江住侬船泊。毕竟笑山孤,能留浓住无?

---

① 选自《灵芬馆词集》。② 侬:吴语,我。③ 此句形容船在行驶中骤停状。

（曹林芳）

邓廷桢(1775—1840) 字维周,号嶰(xiè)筠,江苏江宁(今属南京市)人。清嘉庆六年(1801)进士,授翰林院编修,道光间官两广总督。时值禁烟。与英人六接战,英船皆伤退,终其任不得入虎门。后调闽浙总督,坐事戍伊犁(今新疆绥定县),旋以陕西巡抚召回。有《双研斋词》二卷、词话一卷。

高阳台[①]

【题解】

鸦片的输入,给中华民族带来了极大的灾难。不少具有忧患意识的有识之士,在这关系国家、民族生死存亡的大是大非面前,都用各种不同的方式,表达了坚决抵制的决心。这首词,即表现了作者忧生念乱的情思,以及鸦片祸国殃民之烈。“误瑶窗、多少华年”,写鸦片对黎民的毒害;“长贷天钱”,写鸦片输入,白银大量外流,国库空虚。“暝色凄然”一句,即是遭鸦片之毒后,国力大损,国将不国的形象写照。全词虽然遣词幽婉,但含意甚明,表达了作者坚决抵制鸦片的不可动摇的决心。

鸦度冥冥,花飞片片,春城何处轻烟[②]。膏腻铜盘[③],枉猜绣榻闲眠[④]。九微夜爇星星火[⑤],误瑶窗、多少华年?更那堪,一道银潢[⑥],

---

① 选自《双研斋词》。 ② “鸦度”三句:用嵌字法首先点出“鸦片烟”三字。 ③ 膏腻铜盘:抽鸦片的烟具。 ④ “枉猜”句:写抽鸦片时的情景。 ⑤ 九微夜爇星星火:九微,灯名;爇,点燃;九微夜爇,指(点燃)烟灯抽鸦片烟泡的情景。 ⑥ 银潢:银河。

长贷天钱[7]。　　星槎恰到牵牛渚，叹十三楼上[8]，暝色凄然。望断红墙，青鸾消息谁边？珊瑚网结千丝密，乍收来、万斛珠圆[9]。指沧波，细雨归帆，明月空舷。

⑦ 长贷天钱：此句谓鸦片不断输入，白银大量外流，引起国库空乏。 ⑧ 十三楼：本指宋时杭州名胜十三间楼。词中用以借指广东的十三家洋行。广东是当时对外开放的大商埠之一，凡洋货鸦片运到，悉由十三家洋行包揽经销。见雷缙《榕城闲话》。 ⑨“珊瑚网”二句：珊瑚网，本指以铁网搜取珊瑚，也喻搜求奇珍异宝；万斛(hú)：斛，容量单位。古以十斗为一斛，宋末改为五斗一斛；万斛，言其多；珠圆，鸦片烟头似泥丸，故云；此两句暗指布下铁网收缴鸦片。

（汪泰陵　蔡惠瑛）

酷　相　思[1]

寄怀少穆[2]

【题解】

鸦片为害之烈，使朝野哗然，清廷震动。于是，道光帝下令，要林则徐作为钦差大臣，往广州主持禁烟。可是，在禁烟最关键时刻，道光帝却一道圣旨将邓廷桢调离广州，任闽浙总督。对此调动，邓、徐二人始终无法理解。上片的“君住也”四句，即包含了这样的思想感情。接着，作者表达了忧心如焚的心境，担忧自己走后，保守派作梗，林则徐一人无法承担禁烟重任。全篇情感真挚，慷慨悲凉，情韵高健，可见作者词作的审美特点。

① 选自《双研斋词》。 ② 少穆：林则徐字。

百五佳期过也未[3]？但笳吹，催千骑。看珠澥盈盈分两地[4]。君住也，缘何意？侬去也，缘何意[5]？　　召缓征和医并至[6]。眼下病，肩头事[7]。怕愁重如春担不起。侬去也，心应碎！君住也，心应碎！

③ 百五佳期：指寒食节。自冬至到寒食，刚好一百零五天。 ④ 澥(xiè)：海；珠澥，即珠海，珠江，在广东省境内，以广州附近江中有海珠石而得名。 ⑤"君住也"四句：参见"题解"。 ⑥ 缓、和：春秋时期的两位名医，曾分别给晋景公、晋平公治过病。这里显然是用来挖苦讽刺接替两广总督的琦善等人。 ⑦ 眼下病：指眼前国家、民族的这场鸦片灾难。肩头事：谓两人肩上所承担的关系全民族生死存亡的大事。

（汪泰陵　蔡惠瑛）

龚自珍(1792—1841)　又名巩祚，字尔玉，一字瑟人，号定庵，别号羽琌(líng)山民，浙江仁和(今杭州市)人。道光九年(1829)进士，官礼部主事。通经学、小学、史地学，博学而负才气，生平著述甚富，仅词即有《无著词选》《怀人馆词选》《影事词选》《小奢摩词选》《庚子雅词》各一卷，总称《定庵词》。

湘　　月[①]

壬申夏泛舟西湖，述怀有赋，时予别杭州，盖十年矣[②]

【题解】

此词写于嘉庆十七年(1812)，时值作者离杭十年。上片叙志抒怀，追念往昔；青春蹉跎，夙愿未酬，功业难成。下片就景结情。举目四望，湖山依旧；故地重游，顿生清愁。全词融叙述、议论、抒情、写景于一体；意绪惆怅迷惘，情志悲凉慷慨。用笔空灵不滞，辞句清丽隽秀，为定庵词中佳构。

天风吹我，堕湖山一角，果然清丽[③]。曾是东华生小客[④]，回首苍茫无际。屠狗功名[⑤]，雕龙文卷[⑥]，岂是平生意？乡亲苏小[⑦]，定

---

① 选自《定庵词》。② 壬申：嘉庆十七年(1812)。时作者二十岁。③“天风吹我”三句：作者自言出生在湖山清丽的杭州。④ 东华：北京紫禁城东门曰东华门，此以借指北京；生小：幼年；客：客居；全句意为：自己幼年时代曾客居京城。⑤ 屠狗功名：屠狗者犹能得功名。喻功名贬值，不值钱。⑥ 雕龙文卷：雕龙，“雕镂龙文”；雕龙文卷，本指善于文辞者的文章。此喻只会雕章琢句，空洞无物的文卷。⑦ 乡亲苏小：苏小即苏小小。因她是钱塘(今杭州)人，故杭州人往往称苏小小为乡亲。

应笑我非计[8]。　　才见一抹斜阳，半堤香草，顿惹清愁起。罗袜音尘何处觅[9]，渺渺予怀孤寄。怨去吹箫，狂来说剑，两样销魂味。两般春梦，橹声荡入云水。

---

⑧ 非计：谓失策。 ⑨ 罗袜音尘：谓美人步履轻盈。此指美人踪迹。

（汪泰陵　蔡惠瑛）

鹊　踏　枝[1]

过人家废园作

【题解】

龚自珍是晚清著名思想家。他曾呼唤变革“风雷”的到来，渴望为改变现状作出自己的贡献。其使命感、责任感的确令人敬佩。但是，事与愿违，他的一片报国的赤诚，却得不到当局者的理解。这首词所表现的正是这种才士不为世所用的矛盾。上片写现实及社会黑暗无情，每迈出一步，都有“藤刺牵衣”，因而阻力重重。下片揭示怀才不遇的根本原因，就像一朵在“墙角明如许”的孤花，之所以无人“来折取”、来欣赏，那是因为“花开不合阳春暮”。在中国长达二千年的封建社会尚未崩溃之时，作者能有如此眼光，是难能可贵的。

漠漠春芜春不住。藤刺牵衣，碍却行人路。偏是无情偏解舞，

---

① 选自《定庵词》。

濛濛扑面皆飞絮。　　绣院深沉谁是主②？一朵孤花，墙角明如许。莫怨无人来折取，花开不合阳春暮③。

---

② 绣院：指种有花木的庭院。③ 不合：不该在。阳春暮：谓晚春。

（汪泰陵　蔡惠瑛）

项鸿祚(1798—1835)　字莲生,原名继章,后改名庭纪,浙江钱塘(今杭州市)人。清道光十二年(1832)举人。有《水仙亭词》二卷,《忆云词》甲乙丙丁稿四卷,补遗一卷。

水　龙　吟[1]

秋　声

【题解】

项鸿祚是晚清词坛上以表现愁思而著称的词家。其词大多抒写郁结之情,真切感人。这首《水龙吟》词,即为羁旅思乡的愁苦之作。此词最主要的特点就是善于从常见的景物中选择意象,然后"用加一倍法"去增强意思的表达。如"西风已是难听,如何又著芭蕉雨"中的"又著"两字;又如"候馆疏砧,高城断鼓,和成凄楚"中的"和成"两字,都是此法的具体运用。因此,虽然都是常见的景物,但却能异峰突起,于平叙中见波澜,显出不平常的语势。即谭献所谓的"荡气回肠,一波三折"(《箧中词》四)。

西风已是难听,如何又著芭蕉雨?泠泠暗起,澌澌渐紧,萧萧忽住。候馆疏碪[2],高城断鼓,和成凄楚。想亭皋木落,洞庭波远[3],浑不见,愁来处。　此际频惊倦旅[4]。夜初长、归程梦阻。砌蛩自叹[5],边

① 选自《忆云词》。 ② 候馆:这里指旅舍。碪:通"砧"。捣衣石。 ③ 洞庭波远:《楚辞·九歌·湘夫人》:"嫋(niǎo)嫋兮秋风,洞庭波兮木叶下。" ④ 倦旅:疲乏的旅人。 ⑤ 砌蛩:居住在台阶缝隙里的蟋蟀。

鸿自唳[6]，剪灯谁语？莫更伤心，可怜秋到，无声更苦。满寒江剩有，黄芦万顷，卷离魂去。

---

⑥ 唳：本指鹤鸣，亦泛指鸟的鸣叫。

（汪泰陵　蔡惠瑛）

吴藻(生卒年不详)　清嘉庆、道光年间人,字苹香,自号玉岑子,浙江仁和(今杭州市)人。工诗善画,雅好填词。嫁同邑商人黄某,郁郁不得志,中年寡居,晚年移居南湖,最终皈依佛门。词学李清照、厉鹗,然豪迈尤近苏、辛,时人曾将她与纳兰性德并称。著有《花帘词》《香南雪北词》,合称为《香雪庐词》。

满　江　红[①]

《谢叠山遗琴二首》之一[②]

【题解】

这首《满江红》基调沉痛哀怨。借叠山遗琴为线索,将南宋爱国诗人谢枋得的一生事迹穿珠般展开,可见"谢枋得嵚崎以全臣节",为"宋末之卓然者也!"(《宋史·谢枋得传》)词人对他的爱国之情、救国之举和殉国之行表示了极大的敬意和深沉的痛惜。"三尺焦桐遗古调,一抔黄土埋忠穴"两句,无限凄惋,令人不忍卒读。

半壁江山,浑不是、莺花故业。叹回首、萧条野寺,凄凉落月[③]。乡国烽烟何处认,桥亭卜卦谁人识[④]?记孤城、只手挽银河,心如铁[⑤]。

---

① 选自《香雪庐词》。② 谢叠山:即南宋谢枋得。③ 萧条野寺:宋亡后,元朝迫谢枋得出仕,地方官魏天祐强制送他去大都(今北京),他绝食死于悯忠寺。萧条野寺即指悯忠寺。④ 桥亭卜卦:谢枋得在南宋亡后,流亡建阳(今福建建阳),在桥亭街头卖卜度日。⑤ 记孤城、只手挽银河:谢枋得在南宋德祐元年(1275)被起用为江东提刑、江西招谕使,知信州(今江西上饶市),率兵抗元。挽银河:暗用杜甫"安得壮士挽天河,净洗甲兵常不用"诗意。两句意为谢枋得曾以信州知州身份,坚决进行抗元斗争。

才赋罢，无家别[⑥]；早殉此，余生节[⑦]。尽年年荼坂，杜鹃啼血[⑧]。三尺焦桐遗古调[⑨]，一抔黄土埋忠穴。想哀弦、泉底瘦蛟蟠、苔花热。

⑥ 无家别：信州失守后，谢枋得抛家改名，入建宁唐石山，后躲进武夷山，始终不与元朝合作，自己则成了无家之人。 ⑦ 早殉此，余生节：枋得被强送至京师，一路上日食苹果，不求苟活，后到京师，病迁悯忠寺，见壁间曹娥碑，泣曰："小女子犹耳，吾岂不汝若哉！"终不食而死。事见《宋史·谢枋得传》。全句意为谢枋得保全气节，以余生殉国。 ⑧ 荼坂：地名，枋得至建阳，途中曾经过荼坂。杜鹃啼血：此处同文天祥《金陵驿》诗意"化作啼鹃带血归"。 ⑨ 三尺焦桐：吴人用桐木烧火做饭，蔡邕听见木在火中的爆裂声，知道是良木，制成琴，果然琴声优美，因琴尾已焦，人称"焦尾琴"，事见《后汉书·蔡邕传》。后常以焦桐指代美琴。此处三尺焦桐，指谢枋得的遗琴。

（张静秋）

满　江　红[①]

《谢叠山遗琴二首》之二

【题解】

这首词以人亡琴在表现琴不朽、人亦不朽的含蕴。志士捐躯、往者已矣；焦桐遗音，来者可追。谢枋得的铮铮铁骨和精忠报国的凛然正气激励后死者。词人以谢翱西台恸哭、林景熙冬青题诗的坚贞节操，来表现谢枋得殉节山寺的凄烈情怀和爱国气节将伴随遗琴，流传千载。整首词悲歌慷慨，豪宕苍凉。

① 选自《香雪庐词》。

怨羽愁宫，算历劫、沉埋燕代[②]。恸今古、电光石火，人亡琴在。南国穿云谁挈去，西台如意空敲坏[③]。剩孤臣、尚有未灰心，垂千载。　　冬青落，花无赖[④]；枯桐活，天都快[⑤]。试一弹再鼓，只增悲慨。凄烈似闻山寺泣，萧骚不减松风籁[⑥]。叹伯牙、辛苦旧时情，知音解。

---

② 怨羽愁宫：羽、宫，各是五音（宫、商、角、徵、羽）之一，此处用“羽、宫”代指谢叠山遗琴。燕代：燕和代都是古时的国名，在今河北省一带。 ③ 西台如意空敲坏：南宋谢翱曾在西台荒亭之隅设文天祥牌位，拜之再三，号啕恸哭，并用竹如意击石，作楚歌招文天祥魂。歌罢竹石俱碎。见谢翱《西台恸哭记》。 ④ 冬青落：元世祖至元二十一年（1285），江南释教总管杨琏真伽发掘南宋诸帝陵寝，遗民林景熙、谢翱等人私葬诸帝骸骨于兰亭，并种冬青于其上，以为标志。林景熙诗《梦中作》，有“年年杜宇泣冬青”句。无赖：无奈、无可如何之意。 ⑤ 枯桐：用焦尾琴典故。此处指代遗琴。 ⑥ 萧骚：此处指琴声萧索凄壮。松风籁：松树被风吹发出的声音。

（张静秋）

顾春(1799—1877)　字子春，号太清，原姓西林觉罗氏，满洲镶蓝旗人。乾隆二十年(1755)，祖父鄂昌(时任广西巡抚)因受胡中藻诗案牵连，被赐自尽。顾春出生后，被一顾姓包衣收养，遂改姓顾，又称西林春，或太清春。后嫁乾隆曾孙贝勒奕绘为侧室。她能诗工词，为世所重，时人将其词与纳兰性德并举，有“满洲词人，男中成容若，女中太清春”之誉。

早　春　怨[①]

春　夜

【题解】

这首词的题旨是春夜怀人。词中写情之辞为虚:状景之句为实，情思深长却含蕴不露。词人运锋于春宵，淡淡几笔，勾画出春夜温馨幽谧的氛围。栖鸦睡稳，万籁沉寂，人在何方?小楼残烛香尽，见“情人怨遥夜，竟夕起相思”之意绪。窗纱不闭，临窗夜眺，清晖似水，春气氤氲，朦胧优美的意境，益显独守空闺的落寞和缱绻情怀。一股不易觉察的幽怨之情也暗与词牌契合。

杨柳风斜，黄昏人静，睡稳栖鸦。短烛烧残，长更坐尽，小篆添些[②]。　　红楼不闭窗纱，被一缕、春痕暗遮。淡淡轻烟，溶溶院

① 选自《东海渔歌》。② 小篆:谓香烟萦回如同小篆文字一样。

落，月在梨花[③]。

③ 溶溶院落：暗用晏殊《无题》诗意："梨花院落溶溶月，柳絮池塘淡淡风"。溶溶，形容月光如水。

（张静秋）

醉翁操[①]

题云林《湖月沁琴图》[②]

【题解】

这首题画词足见西林春词作精湛的造诣。词人行笔秀润缜密，创设出剔透空灵，飘逸清丽的艺术境界。上阕摹写画中图景：月华皎然，轻烟迷离，"秋水共长天一色"。湖边月下，清泠绝尘，不由人不将鸣弦的琴女疑为飘然而至的飞仙。月影西偏，曼妙流淌的琴声渗透于长天、澄渊、湖烟，歇拍从时间的推移上巧妙地传达出湖月沁琴的画意。下阕词人融心境于画境，借流水高山作知音之问；结句以清旷澄澈的湖边夜景，衬托泠泠琴音，归结题意，余韵袅袅。

悠然，长天，澄渊，渺湖烟，无边。清辉灿灿兮婵娟，有美人兮飞仙。悄无言，攘袖促鸣弦。照垂杨、素蟾影偏。　美君志在，流水高山。问君此际，心共山间水间？云自行而天宽，月自明而露清，新

① 选自《东海渔歌》。 ② 云林：元代画家倪云林。《湖月沁琴图》：倪云林的名作。

声和目圆，轻徽徐徐弹[③]。法曲散人间[④]，月明风静秋夜寒。

③ 轻徽：徽指琴徽，是系琴弦的绳子，这里，指代琴。④ 法曲：兴盛于唐代的一种乐曲，《霓裳羽衣曲》即其中的一种。此处以法曲喻清雅动听的琴曲，暗用杜甫“此曲只应天上有，人间能得几回闻”诗意。

（张静秋）

陈澧(1810—1882)　字兰甫,广东番禺人。清道光十二年(1832)举人。官广东河源县训导,荐授五品卿衔。先后主讲学海堂及菊坡精舍。学者称东塾先生。有《忆江南馆词》及《声律通考》等。

百　字　令①

【题解】

陈澧这首《百字令·夏日过七里泷……》词和前所选厉鹗《百字令·月夜过七里滩……》词一样,都是以七里泷的山光水色为题材的词作。但两词风格却不一样。厉词流转空灵、幽奇清俊,意境高远,炼字炼句均颇见工力。陈词却以清丽明快见长。所写之景,所状之物,历历在目。如对江流、山痕、画眉、蒲帆、叠石、明波、碧树、山雨等的描写,都可看出这一点。下片在上片写景的基础上,转而抒情,把对祖国山光水色的热爱以及对隐居生活的向往,溶入字里行间。"野水投竿,高台啸月,何代无狂客"几句,看似写己,实为点题,表达了对汉代高隐不仕的严光的凭吊。篇末以景结,更增强了全词明丽淡远的特色。

夏日过七里泷,飞雨忽来,凉沁肌骨。推篷看山,新黛如沫,岚影入水,扁舟如行绿颇黎中。临流洗笔,赋成此阕。倘与樊榭老仙倚笛歌之,当令众山皆响也。

---

① 选自《忆江南馆词》。

江流千里，是山痕、寸寸染成浓碧。两岸画眉声不断，催送蒲帆风急[2]。叠石皴烟，明波蘸树，小李将军笔[3]。飞来山雨，满船凉翠吹入。　　便欲舣棹芦花[4]，渔翁借我，一领闲蓑笠。不为鲈香兼酒美[5]，只爱岚光呼吸[6]。野水投竿[7]，高台啸月[8]，何代无狂客[9]。晚来新霁，一星云外犹湿[10]。

---

② 蒲帆：蒲草织成的船帆。 ③ 皴(cūn)：国画技法之一。先钩成山石树木轮廓，后用侧笔蘸水墨染擦，以显脉络纹理及凹凸向背。小李将军笔：谓七里泷风景之美，有如小李将军笔下的山水。唐宗室李思训，官武卫大将军，善画山水树木，笔致遒劲，金碧辉映，自成家法。世称大李将军。其子昭道也以山水著名，称小李将军。五代蜀李昇的画似李思训，人也称小李将军。 ④ 舣(yǐ)棹芦花：谓船泊在芦花丛中；舣棹，船泊岸边。 ⑤ 鲈(lú)香：用晋张翰望秋风思归的典故。 ⑥ 岚光：山林中的雾气所呈现出来的翠色。 ⑦ 野水投竿：指严光不受汉光武帝刘秀之聘，耕钓于桐江之滨的故事。 ⑧ 高台啸月：指南宋遗民谢翱登桐江西台，作《朱鸟歌》恸哭遥祭文天祥的故事。严光、谢翱都是作者在下文中所指的"狂客"。 ⑨ 狂客：狂放不羁的人。 ⑩ 一星：指桐江岸边的客星山，亦指严子陵(即严光)。《后汉书》八三《严光传》："(光武帝)复引光入，论道旧故，……因共偃卧，光以足加帝腹上。明日太史奏曰：客星犯御座甚急。帝笑曰：'朕故人严子陵共卧耳。'"

（汪泰陵　蔡惠瑛）

蒋春霖(1818—1868)　字鹿潭,江苏江阴人。父殁,家道中落,弃举业任两淮鹾(cuó)官。咸丰二年(1852),赴江苏东台富安场盐大使任。七年(1857)遭母忧,去官,挈家居扬州东台。同治七年(1868)于访友途中,卒于吴江垂虹桥。春霖先致力于诗,中岁悉摧烧之,一意于词。晚年删存数十阕,为《水云楼词》二卷。

虞　美　人①

【题解】

以善写哀世漂泊中的愁苦而著称的词人蒋春霖,因其身际衰世战乱,感受真切,而又穷愁潦倒,故读其词,有一股浓重的寒苦味扑面而来。这首《虞美人》词,即可见一斑。此词表现了战乱频繁的年代中,一部分知识分子的凄寒心态。"一枝一叶怕秋风"以及"满身清露在天涯"等句,都深刻反映了"寒彻心骨的陷落感和难见尽头的迷惘情"(严迪昌语)。全词不写议论感慨,只写感受。通过视觉、感受等予以深细刻画,把当时这部分知识分子胸中的沉重感,极为形象生动地表现出来。整首词清峻挺拔,虽寒苦凄切,但不枯槁艰涩。王煜在《清十一家词钞·自序》中对蒋氏词评价说:"《水云》既作,尽扫葛藤,汇纳百宗,蔚为变征,……清词有斯,可谓至极矣。"

水晶帘卷澄浓雾,夜静凉生树。病来身似瘦梧桐,觉道一枝一叶怕秋风。　　银潢何日销兵气?剑指寒星碎。遥凭南斗望京

---

① 选自《水云楼词》。

华②，忘却满身清露在天涯。

② 南斗："斗宿"的俗称，相对北斗而名。

（汪泰陵　蔡惠瑛）

木兰花慢①

江行，晚过北固山

【题解】

蒋春霖的词虽以伤时念乱者居多，但由于他作词强调有真情实感，故发抒深厚，又能做到含蓄深沉，感染力自然很强。此词上片写晚过北固山时所看到的景物。其中"拥"、"垂"、"浮"、"荡"、"激"等动词的运用，增强了北固山景物的动感和形象感。"梦醒谁歌楚些？泠泠霜激哀弦"两句，正是作者伤离悼乱的深沉悲哀的体现。下片抒情。通过上片对整体氛围和景物的舗垫，凄怆惨苦之境便历历如在眼前。蒋氏生活的年代，正是太平天国革命轰轰烈烈之际。作者面对这一巨变，感到惊悸和悲哀，一种压抑感和失落感，在他这一类知识分子的作品中自然会表现出来。从中可看出战争的荡涤力和部分文人的渺茫感。

泊秦淮雨霁，又灯火，送归船。正树拥云昏②，星垂野阔③，暝色

① 选自《水云楼词》。② 树拥云昏：化用杜甫"归云拥树失山村"句。③ 星垂野阔：天幕低垂，满天的星斗像闪烁在地平线上，广大的原野也显得更加辽阔。

浮天。芦边夜潮骤起，晕波心，月影荡江圆。梦醒谁歌楚些[4]？泠泠霜激哀弦。　　婵娟，不语对愁眠，往事恨难捐。看莽莽南徐，苍苍北固，如此江山。钩连更无铁锁，任排空樯橹自回旋[5]。寂寞鱼龙睡稳，伤心付与秋烟。

---

④ 楚些：《楚辞·招魂》句尾皆有“些(suò)”字，为楚人习用的语气词。后因以泛指楚地的乐调或《楚辞》。⑤ 排空樯橹：谓高大的楼船。

（汪泰陵　蔡惠瑛）

卜　算　子[1]

【题解】

这首春愁词，借景抒怀，感叹自己身世坎坷，漂泊不定。上片以简炼的笔触，寻常的意象，渲染出压抑、悲凉的氛围。下片则用弹泪和浇酒两个动作，勾勒了一个多愁善感的落魄文人形象。春霖最善写衰世漂泊中的愁苦，陈廷焯《白雨斋词话》评这首词说：“鹿潭穷愁潦倒，抑郁以终，悲愤慷慨，一发于词。如《卜算子》云……，何其凄怨若此！”

燕子不曾来，小院阴阴雨。一角阑干聚落花，此是春归处。

---

① 选自《水云楼词》。

弹泪别东风，把酒浇飞絮。化了浮萍也是愁，莫向天涯去②。

---

② 化了浮萍：古人认为，柳絮杨花入水后化为浮萍。

（陈艺鸣）

谭献(1832—1901)　原名廷献，字仲修，号复堂，浙江杭州人。同治六年(1867)举人，纳资捐为县令，历署歙县等地知县。后归隐，锐意著述。工骈文，于词学用力尤深。本于常州词派，词作及词论的影响颇大，为晚清词坛之巨擘。所选清人词《箧中词》时人奉为圭臬。著有《复堂词》等。

蝶恋花[①](二首)

【题解】

这是两首离别情词。以一位痴情女子的口吻来写，把对爱人刻骨铭心的思念描述得哀怨感人。第一首写初别后的寂寞烦恼和埋怨，甚至甘愿以身挡车，足见爱之深切。第二首写离别日久，思念更甚。久盼不归，而后悔先前“戏说分襟”，这回可弄假成真了！虽为男女情词，却感情纯真，格调健康。手法或白描、或衬托、或比拟；皆生动传神。尤其是两首各着一问句，活画出一痴情女的形象。

庭院深深人悄悄。埋怨鹦哥，错报韦郎到[②]。压鬓钗梁金凤小，低头只是闲烦恼。　　花发江南年正少。红烛高楼，争抵还乡好？遮断行人西去道，轻躯愿化车前草[③]。

玉颊妆台人道瘦。一日风尘，一日同禁受。独掩疏栊如病酒，

---

① 选自《复堂词》。② 韦郎：指韦皋。据《云溪友议》记，韦皋与少女玉箫有情，离别时，赠玉箫一只玉环，相约少则五年，多则七年来取。过期不至，玉箫叹道：“韦家郎君一别七年，是不来矣。”这里指离去的情人。③ 车前草：草药名，又名当道。

卷帘又是黄昏后。　　六曲屏前携素手。戏说分襟，真遣分襟骤[4]。书札平安君信否？梦中颜色浑非旧。

---

④ 分襟：分别。

（陈艺鸣）

王鹏运(1848—1904)　字幼遐，自号半塘老人，晚号鹜翁，广西临桂(今桂林)人。同治九年(1870)举人。历官内阁侍读、监察御史、礼科给事中。光绪二十八年(1902)南归，主扬州仪董学堂。尝汇刻《花间集》以迄宋元诸家词为《四印斋所刻词》。光绪三十年(1904)卒于苏州。其词学承常州派，开清末诸家之盛。自刻所作词《袖墨》、《虫秋》、《味梨》、《蜩知》，其后删订为《半塘定稿》。龙榆生对其评价颇高，定为“清季四大词人”之一。

玉　楼　春[1]

【题解】

王鹏运，面对内忧外患、国运衰微的动乱现实，企求寻找一条远离“时人”的道路以超脱尘世之纷扰烦恼。这首词即为抒发这种感情而作。上片写感受。凡夫俗子无法领略其妙处的“好山”，却能使词人“沉恨万端如雾散”，向往之心明晰可见。下片抒情明志，直接表达了“作计避人”、回归自然的强烈愿望。此种感受及愿望正是当时部分文人学士心态的典型反映。全篇风格凝炼健朗，语言晓畅而不晦涩，实为情思饱满之作。

好山不入时人眼，每向人家稀处见。浓青一桁拨云来，沉恨万端如雾散。　山灵休笑缘终浅[2]，作计避人今未晚。十年缁尽素

---

① 选自《半塘定稿》。 ② 山灵：山神。汉班固《东都赋》：“山灵护野，属御方神。”

衣尘[3]，雪鬓霜髯尘不染。

---

③ 缁(zī)：黑色。素衣：白色衣服。

（汪泰陵　蔡惠瑛）

念　奴　娇[1]

登旸台山绝顶，望明陵[2]

【题解】

作者在晚清国运衰微之际，“登旸台山绝顶”去凭吊明陵，其意颇堪玩味。上片写十三陵周围的景物。“一霎沧桑，四山风雨”，写十三陵变化之大。这种变化，当然绝不仅仅是景物之变化。下片抒情，“出山回望，夕阳恋高岫”两句，尤为警策，含蓄地表达了对清王朝极端矛盾的心理。全篇含蓄委婉，苍劲沉雄，诚为精心结撰之作。

登临纵目，对川原绣错、如接襟袖。指点十三陵树影，天寿低迷如阜[3]。一霎沧桑，四山风雨，王气销沉久。涛生金粟，老松疑作龙吼[4]。

---

① 选自《半塘定稿》。 ② 旸台：在北京西北郊。明陵：即十三陵，在今北京市昌平县。 ③ 天寿：山名。距北京昌平县城约四十四公里。明十三陵即建在天寿山下方圆四十平方公里的小盆地上。 ④ 涛：指松涛。金粟：山名。《旧唐书·玄宗本纪》：“上皇亲拜五陵，至桥陵，见金粟山冈龙盘凤翥之势。”

（汪泰陵　蔡惠瑛）

惟有沙草微茫，白狼终古，滚滚边墙走。野老也知人世换，尚说山灵呵守。平楚苍凉，乱云合沓，欲酹无多酒。出山回望，夕阳犹恋高岫。

文廷式(1856—1904)　字云阁,一字道希,号芸岩,别号纯常子,江西萍乡人。光绪十六年(1890)进士,授翰林院编修,官至侍读学士。为赞助光绪帝亲政,支持康有为,被参革职。戊戌政变,几陷不测,东走日本。归国后穷愁潦倒而卒。能诗。词为时人所推崇,于浙西、常州词派之外,独树一帜。时有感叹时政之作。有《云起轩词钞》一卷。

蝶　恋　花[①]

【题解】

这首词为被革职后离京时的作品。上片通过对"九十韶光"的追忆,表达了自己革职离京时满腔的郁闷以及极度的悲伤。"寸寸关河,寸寸销魂地",即为此种心情的真实写照。下片用屈原以自比,因壮志难酬而泪洒襟袍。全词境界寥廓,颇多苍劲悲凉之气。

九十韶光如梦里[②]。寸寸关河[③],寸寸销魂地。落日野田黄蝶起,古槐丛荻摇深翠[④]。　　惆怅玉箫催别意。蕙些兰骚[⑤],未是伤

---

① 选自《云起轩词钞》。 ② 九十韶光:指春季三个月九十天的时间。 ③ 寸寸:极言短小。关河:《史记·苏秦传》:"秦四塞之国,被山带渭,东有关河,西有汉中。"后用以泛指山河。 ④ 荻:草名,与芦同为禾本科而异种,叶较芦阔而韧;丛荻,即荻丛。 ⑤ 兰、蕙均为香草名,在《离骚》中曾多次出现,并深有寄托。蕙些兰骚,指屈原《离骚》。《离骚》:"兰芷变而不芳兮,荃蕙化而为茅。"

心事。重叠泪痕缄锦字⑥，人生只有情难死。

⑥ 缄(jiān)：封寄(书信)。

（汪泰陵　蔡惠瑛）

水　龙　吟①

【题解】

这首词充分表达了有意报国，却被剥夺了参与政事的权利后极为悲哀的心态。上片感叹人世的变换。自己双鬓斑白，却仍然一事无成，壮志难申。下片是对往事的痛苦回首。“空中楼阁”几句，实际上是这个“长安倦客”对自己当年所作所为的深刻反思。全词哀怨苍凉，是一曲别具韵味的凄厉之音。

落花飞絮茫茫，古来多少愁人意。游丝窗隙，惊飙树底，暗移人世。一梦醒来，起看明镜，二毛生矣②。有葡萄美酒③，芙蓉宝剑④，都未称，平生志。　　我是长安倦客，二十年、软红尘里⑤。无言独对，青灯一点，神游天际。海水浮空，空中楼阁⑥，万重苍翠。待骖

① 选自《云起轩词钞》。 ② 二毛：谓人老头发斑白。 ③ 葡萄美酒：唐王翰《凉州词》诗：“葡萄美酒夜光杯，欲饮琵琶马上催。” ④ 芙蓉宝剑：据《越绝书》：“客有能相剑者，名薛烛。王取纯钩(按：名剑名)示之，薛烛手振拂扬，其华淬如芙蓉始出。” ⑤ 软红尘：指都会繁喧之地。 ⑥ 空中楼阁：比喻不切实际的幻想。

鸾归去⑦,层霄回首⑧,又西风起。

⑦ 骖(cān)鸾:驾着鸾鸟。传说中的道士升天之法。 ⑧ 层霄:犹言九霄。

(汪泰陵　蔡惠瑛)

郑文焯(1856—1918)　字俊臣，号小坡、叔问，晚号大鹤山人，别号冷红词客，奉天铁岭(今属辽宁省)人，隶汉军旗。光绪元年(1875)举人，官内阁中书。旅苏州，为巡抚幕客四十余年。工词，精通音律，兼长书、画。有《冷红词》四集、《比竹余音》四卷、《苕雅余集》一卷、《瘦碧词》二卷，晚年删定为《樵风乐府》九卷。

谒金门[①](三首)

【题解】

光绪二十四年(1898，戊戌年)六月十一日，光绪帝颁布“明定国是”诏书，开始推行变法，引起以慈禧为首的顽固派的忌恨。九月二十日，维新派被袁世凯出卖。二十一日凌晨，慈禧发动政变，幽禁光绪帝于瀛台，捕杀谭嗣同等“帝派”人士。“百日维新”遂因“戊戌政变”而宣告失败。郑文焯不满于政局的腐败，1900年前后，写下了不少感时伤怀的词作，表达了心中的怨愤之情。这三首《谒金门》词，即为这期间的作品，深刻地表达了一个忠爱满怀的臣子不忘家国的情思。“不忍思君颜色”“不忍问君踪迹”“不忍问君消息”三句，所指甚明。特别是“昨日主人今日客，青山非故国”两句，更是内涵丰富，余味无穷。结末“恨不奋飞生六翼，乱云愁似幂”两句，似乎将有所为，而终于未果。一“扬”一“抑”之间，蕴含了许多难言之隐。全词沉郁悲凉，所感甚大，句妍韵美，格调高远，卓然一代作手。

行不得！黦地衰扬愁折[②]。霜裂马声寒特特[③]，雁飞关月黑。

---

① 选自《樵风乐府》。② 黦(yuè)：黄黑色。③ 特特：马蹄声。

目断浮云西北，不忍思君颜色。昨日主人今日客，青山非故国。

留不得！肠断故宫秋色。瑶殿琼楼波影直④，夕阳人独立。见说长安如弈⑤，不忍问君踪迹。水驿山邮都未识，梦回何处觅。

归不得！一夜林乌头白⑥。落月关山何处笛，马嘶还向北。鱼雁沉沉江国⑦，不忍问君消息。恨不奋飞生六翼，乱云愁似幂⑧。

---

④ 瑶殿：指宫廷。⑤ 长安如弈：谓都城的形势变化有如棋局。⑥ 乌头白：乌鸦头变白。喻不可能实现的事。⑦ 江国：水乡之地。⑧ 幂(mì)：遮盖物品的布巾。

（汪泰陵　蔡惠瑛）

朱孝臧(1857—1931)　字古微，号沤尹，又号彊村，原名祖谋，字藿生，浙江归安(今湖州)人。光绪九年(1883)进士，改庶吉士，授翰林院编修，官至礼部右侍郎。有《彊村语业》三卷、《集外词》一卷，又辑《湖州词徵》二十四卷、《国朝湖州词录》六卷、《沧海遗音集》十三卷，选《宋词三百首》一卷、《词莂(bié)》一卷等。

鹧　鸪　天①

庚子岁除②

【题解】

王鹏运评价朱氏词说："庚辛之际是一大界限。""庚辛"指庚子(1900)、辛丑(1901)年。这首《鹧鸪天》词即是写于这一时期的感时念世之作。词中对人老天涯的哀叹，"酒肠芒角"、笔惨不花的描写，其实都是在表述心中愁苦和郁闷之深沉。结末"烛花红换人间世，山色青回梦里家"一联，抒发了对宦海生涯的厌倦，以及对回归家园的向往。

似水清尊照鬓华③，尊前人易老天涯④。酒肠芒角森如戟⑤，吟笔冰霜惨不花。　抛枕坐，卷书嗟，莫嫌啼煞后栖鸦⑥。烛花红

---

① 选自《彊村语业》。② 庚子岁除：光绪二十六年(1900)除夕。③ 清尊：指清澈的酒。鬓华：两鬓花白。④ 远离家乡、借酒浇愁的人，最容易显出老态。⑤ 芒角：棱角，指人的锋芒、气概。森如戟：像戟一样森严。⑥ 后栖鸦：最后归巢的乌鸦。

换人间世[7]，山色青回梦里家。

⑦ 烛花：烛焰。也作“烛华”。人间世：《庄子》篇名。本篇反映了庄子“清静无为”、与世无争、独善其身的思想。

（汪泰陵　蔡惠瑛）

鹧　鸪　天[1]

九日，丰宜门外过裴村别业[2]

【题解】

这是一首悼念亡友之作。裴村，刘光第的字。刘光第和谭嗣同、康有为等，是光绪帝变法维新的主要助手，曾经为推行新法出过许多力。戊戌政变后，刘光第等人被害。作者是同情、倾向“帝党”的人物，故这首词即是对刘光第的伤悼，同时也是为变法维新唱的一首挽歌。全篇幽忧怨悱，曲婉含蓄，以景写情，情在其中。结末“只是风前有所思”中的“有所思”三字，把无尽的思念及愁苦全表现在无言之中，沉郁绵邈。

野水斜桥又一时，愁心空诉故鸥知[3]。凄迷南郭垂鞭过[4]，清苦西峰侧帽窥[5]。　　新雪涕[6]，旧弦诗[7]，愔愔门馆蝶来稀。红萸白

① 选自《彊村语业》。② 丰宜门：在北京市南郊。金时建有拜郊台，因南有丰宜门，故名丰台。别业：别墅。③ 愁心：愁苦的心情。④ 南郭：指外城之南。⑤ 清苦：此喻寒山的寥落、荒凉。⑥ 雪涕：拭泪。⑦ 弦诗：古诗皆可配琴瑟等乐，歌咏诵读，故称弦诗。

菊浑无恙[8]，只是风前有所思。

---

⑧ 红萸：即茱萸，生于川谷，其味香烈。古代风俗，阴历九月九日重阳节佩戴，以祛邪避灾。

（汪泰陵　蔡惠瑛）

况周颐(1859—1926) 原名周仪,字夔笙,一字葵孙,别号玉楳词人,晚号蕙风词隐,广西临桂(今桂林)人。光绪五年(1879)举人,官内阁中书。工词,与王鹏运、朱祖谋、郑文焯称“清末四大家”。论词主张“重、拙、大”,又提出“情真、景真”四字。有词集九种,合刊为《第一生修梅花馆词》三卷,晚年删定为《蕙风词》二卷;又有《香海棠馆词话》五卷、《词话外编》一卷(即《蕙风词话》《蕙风词话续编》),辑《薇省词钞》十一卷、《粤西词见》三卷、《联句和珠玉词》一卷。

苏 武 慢①

寒夜闻角

【题解】

晚清词人所写众多的感时抒怀词作中,况周颐的这首是很有名的,写于光绪十五年(1889)。当时内忧外患迭起,民不聊生,国脉如缕。可是生活在其中的人,却所感各不相同。作者在词中便替各种各样的人画了像,具有极深的讽刺意味。可以说,对有的人来说,这首词无异是一剂难得的清醒剂。上片表面写寒夜角声的凄厉哀怨,实为托物起兴之笔,借角声的凄咽,点出了国势衰微、每况愈下的现实。下片紧承上片,意脉不断,进一步点出了面对这一客观现实的各种不同反映。愁者自愁,乐者自乐,“珠帘绣幕”中人却视而不见、听而不闻,身处危境却无动于衷。全词于平叙中暗含讽刺,委婉中流露出悲哀,实为不忘家国的佳作。另外,这首词还可以使我们感受到作者“重、拙、大”的论词主张。

---

① 选自《蕙风词》。

愁入云遥，寒禁霜重，红烛泪深人倦。情高转抑，思往难回，凄咽不成清变[②]。风际断时，迢递天涯[③]，但闻更点[④]。枉教人回首，少年丝竹，玉容歌管。　　凭作出、百绪凄凉[⑤]，凄凉惟有，花冷月闲庭院。珠帘绣幕，可有人听，听也可曾肠断？除却塞鸿，遮莫城乌[⑥]，替人惊惯。料南枝明日[⑦]，应减红香一半。

② 变：谓变宫变徵。 ③ 迢递：远貌。 ④ 更点：报更的鼓点。 ⑤ 百绪：极言其多，谓数不清的情思、意绪。 ⑥ 遮莫：或者。 ⑦ 南枝：南向的树枝。

（汪泰陵　蔡惠瑛）

秋瑾(1875—1907)　字璇卿，号竞雄，又号鉴湖女侠，山阴(今浙江绍兴市)人。湖南湘乡王廷钧之妻。光绪三十年(1904)赴日本留学，次年参加同盟会。归国后在积极准备皖、浙起义时，被捕殉难。有《秋瑾集》。

满　江　红[①]

【题解】

在我国上千年的封建社会中，妇女社会地位一直很低。对此颇为不满的清末第一奇女子秋瑾，就是敢于起来和束缚女性的宗法礼教及封建专制制度作斗争的女性之一，也是敢于在词中为妇女的解放高呼的词人。这首《满江红》词，就是一篇为女性抒愤的作品。词中“苦将侬、强派作蛾眉，殊未屑”的怨恨，“俗子胸襟谁识我？英雄末路当磨折”的感叹，“身不得，男儿列；心却比，男儿烈”的呼喊，都说出了中国妇女郁积千百载的心声，振聋发聩，一新天下人之耳目！词人是以激愤郁怒的情怀，雄健奔放的笔调，奏出了一曲激昂振奋的时代强音。

小住京华，早又是、中秋佳节。为篱下、黄花开遍[②]，秋容如拭[③]。四面歌残终破楚[④]，八年风味徒思浙[⑤]。苦将侬、强派作蛾

---

① 选自《秋瑾集》。② 晋陶渊明《饮酒》：“采菊东篱下，悠然见南山。”黄花：指菊花。③ 秋容如拭：谓秋日风光景物清新明净；拭，擦，揩。④ 四面歌残：典出《史记·项羽本纪》，此喻清政府外忧内患，国事日艰。⑤ 作者从光绪二十二年(1896)结婚，到写这首词时，刚好八年。徒思浙：空想家乡浙江。

眉，殊未屑[⑥]。　　身不得，男儿列；心却比，男儿烈。算平生肝胆，因人常热[⑦]。俗子胸襟谁识我？英雄末路当磨折。莽红尘、何处觅知音[⑧]？青衫湿。

⑥ 殊未屑：谓极为轻视、瞧不起。 ⑦ 因人常热：屡屡热心为别人。 ⑧ 红尘：佛道等家称人世为红尘。莽红尘：谓无边无际的人世。

（汪泰陵　蔡惠瑛）

鹧鸪天[①]

【题解】

这是一首爱国主义的作品，写于留学日本时。秋瑾被捕后，这首词的原稿曾被清政府收去，作为“罪状”公布于众。词中充溢着词人“试手补天裂”的爱国热忱，和为救国捐躯的壮志，以及巾帼不让须眉的一腔豪气。秋瑾有句云：“身不得，男儿列，心却比，男儿烈。”词品如人品，这首词出语铮铮、遒劲豪放，充满阳刚之美。

祖国沉沦感不禁[②]，闲来海外觅知音[③]。金瓯已缺总须补[④]，为国牺牲敢惜身[⑤]。　　嗟险阻，叹飘零，关山万里作雄行。休言女

① 选自《秋瑾集》。 ② 不禁：禁不住，抑制不住的意思。 ③ 海外：指日本。1904 年秋瑾东渡日本留学。 ④ 金瓯：原是一种盛酒的器皿。《南史·朱异传》：“我国家犹若金瓯，无一伤缺。”后常用以比喻国土完整。这里指国土。 ⑤ 敢：岂敢。

子非英物，夜夜龙泉壁上鸣⑥。

⑥ 龙泉：宝剑名。

（张静秋）

王国维(1877—1927)　字静庵，一字伯隅，号观堂，浙江海宁人，清末曾为诸生。早岁治词曲，晚乃专力经史，主清华大学研究院。1927 年自沉北京颐和园内昆明湖。有《人间词话》《观堂长短句》各一卷。

蝶　恋　花[1]

【题解】

王国维是一代学术大师。可是在政治上却相当保守。他对清王朝的摇摇欲坠的统治以及灭亡感到痛心疾首，进而由失望到绝望，最后竟然选择了自沉昆明湖的结局。王国维的一生是一出悲剧，但这并不完全属于他，更重要的是一个时代的悲剧。这首《蝶恋花》词即是这些复杂思想的形象写照。词的上片先写离别之苦，然后写归来后的失望。下片所写的“一缕新欢，旧恨千千缕”的对比，以及“最是人间留不住，朱颜辞镜花辞树”的悲哀，都是王国维内心世界的真实流露。全篇直而能曲，抒发的人生感受极为真切，沉痛感人。

阅尽天涯离别苦，不道归来，零落花如许。花底相看无一语，绿窗春与天俱暮。　　待把相思灯下诉，一缕新欢，旧恨千千缕。最是人间留不住，朱颜辞镜花辞树。

---

① 选自《观堂长短句》。

（汪泰陵　蔡惠瑛）

图书在版编目(CIP)数据

明清词观止 /《明清词观止》编委会编. —上海:学林出版社,2015.11
(中华传统文化观止丛书)
ISBN 978-7-5486-0922-3

Ⅰ.①明… Ⅱ.①明… Ⅲ.①词(文学)—作品集—中国—明清时代 Ⅳ.①I222.84

中国版本图书馆 CIP 数据核字(2015)第 161498 号

明清词观止

编　　者—— 本书编委会
责任编辑—— 曹坚平
封面设计—— 周剑峰

出　　版—— 上海世纪出版股份有限公司 学林出版社
地 址:上海市钦州南路 81 号 电话/传真:021-64515005
网 址:www.xuelinpress.com
发　　行—— 上海世纪出版股份有限公司发行中心
地 址:上海市福建中路 193 号 网 址:www.ewen.co
印　　刷—— 上海叶大印务发展有限公司
开　　本—— 710×1020 1/16
印　　张—— 18
字　　数—— 25 万
版　　次—— 2015 年 11 月第 1 版
印　　次—— 2015 年 11 月第 1 次印刷
书　　号—— ISBN 978-7-5486-0922-3/I·134
定　　价—— 54.00 元

(如发生印刷、装订质量问题,读者可向工厂调换。)